A PRAÇA DO DIAMANTE

3ª edição

Mercè Rodoreda

A praça do diamante

Tradução do catalão
Luis Reyes Gil

Planeta

Título original: *La plaça del Diamant*

Preparação: Leny Cordeiro
Revisão: Rita Gorgati, Andréa Bruno, Thais Rimkus e Opus Editorial
Projeto gráfico: Adptado do projeto de Bloco Gráfico
Diagramação: Abreu's System
Capa: Rafael Brum
Fotografia de capa: Robert Capa © International Center of Photography/Magnum Photos / Fotoarena

Dados Internacionais de Catalogação na Publicação (CIP)
Angélica Ilacqua CRB-8/7057

Rodoreda, Mercè, 1908-1983
A praça do Diamante / Mercè Rodoreda; tradução de Luis Reyes Gil. – 3. ed. – São Paulo: Planeta, 2019.

Título original: La plaça del Diamant
ISBN: 978-85-422-1755-1

1. Ficção espanhola I. Título II. Gil, Luis Reyes.

19-1779 CDD 863

Índices para catálogo sistemático:
1. Ficção espanhola

2019

EDITORA PLANETA DO BRASIL LTDA.
Rua Bela Cintra, 986 – 4º andar
Consolação – 01415-002 – São Paulo-SP
www.planetadelivros.com.br
faleconosco@editoraplaneta.com.br

Para J. P.

My dear, these things are life.
Meredith

Você sabe quem foi Mercè Rodoreda?*

GABRIEL GARCÍA MÁRQUEZ

Na semana passada, perguntei por Mercè Rodoreda em uma livraria de Barcelona e disseram que ela havia morrido fazia um mês. A notícia causou-me uma tristeza muito grande, primeiro pela admiração muito justa que sinto por seus livros, e segundo pelo fato imerecido de a notícia de sua morte não ter sido publicada fora da Espanha com o destaque e as honras devidos. Ao que parece, poucas pessoas sabem, fora da Catalunha, quem foi essa mulher invisível que escrevia em um catalão esplêndido uns romances lindos e consistentes como não se encontram muitos nas letras atuais. Um deles – *A praça do Diamante* – é, na minha opinião, o mais belo já publicado na Espanha depois da Guerra Civil.

A razão pela qual Mercè Rodoreda é tão pouco conhecida, mesmo na Espanha, não pode ser atribuída a que tivesse escrito em uma língua de âmbito reduzido nem ao fato de

* Publicado originalmente no jornal *El País* em 18 de maio de 1983.

seus dramas humanos transcorrerem em um canto secreto da muito secreta cidade de Barcelona, pois seus livros foram traduzidos para mais de dez idiomas e em todos foram objeto de comentários críticos muito mais entusiásticos do que os que mereceram em seu próprio país. "Este é um dos livros de alcance universal que o amor escreveu", declarou oportunamente o crítico francês Michel Cournot, referindo-se ao romance *A praça do Diamante.* Diana Athill escreveu a respeito da versão inglesa: "É o melhor romance publicado na Espanha em muitos anos". E um crítico da *Publishers Weekly*, nos Estados Unidos, escreveu que era um romance estranho e maravilhoso. No entanto, há alguns anos, a pretexto de algum de tantos aniversários, foi feita uma enquete entre escritores espanhóis atuais para tentar definir, segundo seu critério, quais seriam os dez melhores livros escritos na Espanha depois da Guerra Civil, e não me lembro de nenhum deles ter mencionado *A praça do Diamante.* Em contrapartida, muitos citaram com toda a justiça *La forja de un rebelde*, de Arturo Barea. O curioso é que esse livro, cujos quatro grossos volumes foram publicados no fim da quarta década deste século em Buenos Aires, não havia sido nem foi ainda publicado na Espanha, ao passo que *A praça do Diamante* já contava vinte e seis edições em catalão. Eu o li em castelhano nessa época, e meu deslumbramento só foi comparável ao que me havia provocado a primeira leitura de *Pedro Páramo*, de Juan Rulfo, embora os dois livros só tenham em comum a transparência de sua beleza.

A partir de então, não sei quantas vezes voltei a lê-lo, várias delas em catalão, com um esforço que diz muito de minha devoção.

A vida privada de Mercè Rodoreda é um dos mistérios mais bem guardados da muito misteriosa cidade de Barcelona. Não conheço ninguém que a tenha conhecido bem, que possa dizer com certeza como era, e seus livros só permitem vislumbrar uma sensibilidade quase excessiva e um amor pela sua gente e pela vida de sua vizinhança que talvez seja o que dá um alcance universal a seus romances. Sabe-se que passou a Guerra Civil na casa da família em Sant Gervasi, e seu estado de espírito com referência àquele período fica evidente em seus livros. Sabe-se que depois foi viver em Genebra e que ali escreveu a partir do rescaldo de suas nostalgias. "Quando comecei a escrever o romance, não lembrava muito bem como era a praça do Diamante de verdade", escreveu em um de seus prólogos, que são mostras exemplares de sua consciência de romancista. Alguém que não fosse outro escritor poderia se surpreender que a autora tivesse conseguido uma recriação tão minuciosa e lúcida de seus lugares e das pessoas a partir de uma vivência remota, quase perdida entre as brumas da infância. "Só lembrava", escreveu no prólogo de uma edição catalã, "que, aos treze ou catorze anos, uma vez, na Festa Major de Gràcia, fui andar pelas ruas com meu pai. Haviam erguido um toldo na praça do Diamante. Como em outros lugares, é claro; mas aquela foi a que sempre recordei mais. Ao passar em frente a essa caixa de música, eu, a quem meus pais proibiam de dançar, senti uma vontade desesperada de fazê-lo e fui como uma alma penada pelas ruas enfeitadas". Mercè Rodoreda acreditava que foi por causa dessa frustração que muitos anos depois, em Genebra, começou seu romance com aquela festa popular.

Em geral, essa vontade de dançar, que seus pais sempre reprimiram porque não era admissível em uma moça decente, tem sido identificada pela própria escritora como a contrariedade original que lhe deu o estímulo para escrever.

Poucos autores fizeram comentários tão precisos e úteis sobre o processo subconsciente da criação literária como fez Mercè Rodoreda nos prólogos de seus livros. "Um romance é um ato mágico", escreveu. Falando sobre *Espelho partido* – seu romance mais longo –, fez outra revelação quase alquímica: "Eladi Farriols, morto e estendido em uma biblioteca de uma casa senhorial, resolveu para mim o primeiro capítulo da maneira mais inesperada". Em outra parte, disse: "As coisas têm grande importância na narrativa e sempre tiveram, muito antes de Robbe-Grillet escrever *Le voyer*". Conheci essa declaração muito depois que sua autora me tivesse deslumbrado com a sensualidade com que faz ver as coisas na ambientação de seus romances, muito depois de ter ficado assombrado com a luz nova com que as iluminam suas palavras. Um escritor que ainda sabe como se chamam as coisas tem salvação para metade da sua alma, e Mercè Rodoreda o sabia muito bem em sua língua materna. Já em castelhano, nem todos os escritores o sabemos, e em alguns se nota mais do que nós mesmos acreditamos.

Acredito – se me recordo bem – que Mercè Rodoreda é a única escritora (ou o único escritor) que visitei sem conhecer, impulsionado por uma admiração irresistível. Soube por nosso editor comum, há uns doze anos, que ela estava em Barcelona por poucos dias, e ela me recebeu em seu apartamento provisório, mobiliado de maneira muito sóbria e com apenas uma janela que dava para o jardim crepuscular de Monterols. Surpreendeu-me seu ar distraído, que mais tarde vi definido em um de seus prólogos: "Talvez a mais marcada de minhas múltiplas personalidades seja uma espécie de inocência que me faz sentir bem no mundo em que me coube viver". Na época, eu já sabia que ao lado da vocação literária ela possuía uma vocação paralela, tão dominante como a outra, que era a de cultivar flores. Falamos disso, que eu considerava como outra forma de escrever, e entre rosas e rosas procurava falar-lhe de seus livros, e ela procurava falar-me dos meus. Chamou-me a atenção que de tudo o que eu havia escrito o que mais lhe interessava era o galo do coronel que não tinha quem lhe escrevesse, e a ela chamou a atenção que eu gostasse tanto do sorteio da cafeteira em *A praça do Diamante*. Tenho hoje uma lembrança meio nebulosa daquele estranho encontro, que certamente não foi uma das lembranças que ela levou para o túmulo; para mim foi a única vez que conversei com um criador literário que era uma cópia viva de seus personagens. Nunca soube por que, ao se despedir de mim no elevador, ela disse: "O senhor tem muito senso de humor". Nunca mais tive notícias dela, até esta semana, em que soube por acaso, e em má hora, que havia ocorrido com ela o único percalço que poderia impedi-la de continuar escrevendo.

I

A Julieta veio até a confeitaria expressamente para me dizer que, antes do sorteio da prenda, iam sortear cafeteiras, que ela já as tinha visto: lindas, brancas, com uma laranja pintada, partida ao meio, os caroços à mostra. Eu não tinha vontade de ir dançar nem de sair, porque passara o dia empacotando doces e as pontas dos meus dedos doíam de tanto apertar barbantes dourados e de tanto dar nós e fazer alças. E porque eu conhecia a Julieta, que de noite não precisava de mais do que três horas de sono, e para ela dormir ou ficar acordada era indiferente. Mas ela me fez acompanhá-la querendo ou não, porque eu era assim, sofria se alguém me pedia alguma coisa e eu tinha de dizer não. Estava eu toda de branco, de cima a baixo: o vestido e a anágua engomada, os sapatos brancos que nem leite, os brincos de massa branca, três pulseiras de aro combinando com os brincos e uma bolsinha branca, que a Julieta disse que era de plástico, com um fecho de conchinha dourado.

Quando chegamos à praça, os músicos já tinham começado a tocar. O teto estava enfeitado com flores e correntinhas de papel de todas as cores: uma tira de correntinha, uma tira de flores. Havia flores com uma lampadazinha dentro, e o teto inteiro era como um guarda-chuva ao contrário, pois a ponta da tira ficava presa mais acima, e não no meio, onde todas se juntavam. O elástico da anágua, que eu batalhara muito para enfiar com uma agulha de gancho, que teimava em não passar, preso com um botãozinho e uma alcinha de linha, me apertava. Já devia estar com uma marca vermelha na cintura, mas, assim que o ar me saía da boca, o elástico voltava a me martirizar. O palquinho dos músicos estava rodeado de trepadeira, formando uma varanda, e a trepadeira era enfeitada com flores de papel amarradas com arame fininho. E os músicos suados e em mangas de camisa. Minha mãe morta havia anos e sem poder me aconselhar, e meu pai casado com outra. Meu pai casado com outra e eu sem minha mãe, que só vivia para me cobrir de atenções. E meu pai casado, e eu jovenzinha e sozinha na praça do Diamante, esperando o sorteio das cafeteiras, e a Julieta gritando para que a voz sobressaísse à música, não senta, não, que você vai ficar toda amarrotada!, e diante dos olhos as lampadazinhas vestidas de flores e as correntinhas presas com pasta de água e farinha, e todo mundo alegre, e enquanto eu me distraía uma voz ao pé do ouvido falou, vamos dançar?

Meio a esmo, respondi que não sabia dançar e me virei para olhar. Topei com um rosto que de tão perto que estava não consegui ver direito como era, mas era o rosto de um rapaz. Tanto faz, ele disse, eu danço muito bem e vou lhe ensinar. Pensei no coitado do Pere, que àquela hora estava trancado no porão do Colón cozinhando com avental branco, e cometi o disparate de dizer:

— E se meu noivo ficar sabendo?

O rapaz chegou ainda mais perto de mim e disse, rindo, tão novinha e já tem noivo? E quando riu os lábios se abriram e vi todos os seus dentes. Tinha uns olhinhos de mico e vestia uma camisa branca com risquinha azul, molhada embaixo dos braços, e com o botão do colarinho desabotoado. E aquele rapaz de repente virou de costas e se ergueu na ponta dos pés, avançou para um lado, para o outro, e voltou a ficar de frente para mim e disse, com licença, e começou a gritar: Ei!... alguém viu meu paletó? Estava ao lado dos músicos! Em uma cadeira! Ei!... E me disse que tinham roubado seu paletó e que voltaria logo e se eu podia fazer o favor de esperá-lo. Começou a gritar: Cintet!... Cintet!...[1]

A Julieta, de cor de canário, com bordados verdes, apareceu não se sabe de onde e disse: esconda-me que preciso tirar os sapatos... não aguento mais... Falei que não podia sair do lugar porque um rapaz que estava procurando o paletó e queria dançar comigo a todo custo me pedira para esperá-lo. E a Julieta disse, dança, dança... E fazia calor. As crianças soltavam rojões e bombinhas pelas esquinas. Pelo chão havia sementes de melancia, e pelos cantos cascas de melancia e garrafas vazias de cerveja, e pelos tetos das casas também as pessoas soltavam rojões. E pelas sacadas. Via rostos brilhando de suor e rapazes que passavam o lenço pelo rosto. Os músicos alegres, tocando e tocando. Tudo como se fosse um cenário. E o *pasodoble.* Vi-me indo para cima e para baixo e, como se visse de longe, de tão perto que estava, ouvi a voz daquele rapaz dizendo, está vendo como você sabe dançar? E sentia cheiro forte de suor e cheiro de água-de-colônia vencida. E os olhos de mico brilhando junto aos

1 Cintet é diminutivo de Jacint (Jacinto). (N.T.)

meus e de cada lado do rosto a medalhinha da orelha. O elástico cravado na cintura e minha mãe morta e sem poder me aconselhar, porque eu disse àquele rapaz que meu noivo trabalhava como cozinheiro no Colón, e ele riu e disse que lamentava muito porque dentro de um ano eu seria sua esposa e sua rainha. E que a gente dançaria a dança da prenda na praça do Diamante.

Minha rainha, ele disse.

E falou que me havia dito que dentro de um ano eu seria sua esposa e que eu nem sequer olhara para ele, e olhei para ele e então ele disse, não me olhe assim, que vão ter que me levantar do chão, e foi quando eu disse que ele tinha olhos de mico e desatamos a rir. O elástico na cintura parecia um canivete e os músicos tralalá!, tralalá!, e nem sinal da Julieta. Desaparecida. E eu com aqueles olhos na minha frente, que não me largavam, como se o mundo inteiro se tivesse convertido naqueles olhos e não houvesse jeito de escapar. E a noite seguia em frente no carro das estrelas e a festa prosseguia e a prenda e a moça da dança da prenda, toda de azul, girando... Minha mãe no cemitério de Sant Gervasi e eu na praça do Diamante... Vende doces? Mel e confeitos?... E os músicos, cansados, enfiando as coisas dentro das capas e voltando a tirá-las das capas porque um vizinho pagava uma valsa para todos, e todos rodando como piões. Quando a valsa terminou, as pessoas começaram a ir embora. Eu disse que havia me perdido da Julieta, e o tal rapaz disse que tinha se perdido do Cintet e falou, quando estivermos só os dois, com todo mundo em casa e as ruas vazias, você e eu vamos dançar uma valsa na pontinha dos pés na praça do Diamante... gira que gira... Colometa.[2] Olhei para ele muito

2 Colometa quer dizer "pombinha" em catalão. (N.T.)

intrigada e disse que meu nome era Natàlia, e, quando falei que meu nome era Natàlia, ele ainda riu e falou que meu nome só podia ser um: Colometa. Foi quando disparei a correr e ele correndo atrás de mim, não se assuste... Não está vendo que você não pode andar assim sozinha pela rua? Alguém poderia roubar você de mim!... E me agarrou pelo braço e me fez parar, você não entende que alguém poderia me roubar você, Colometa? E minha mãe morta e eu parada que nem uma tonta e o elástico na cintura apertando, apertando, como se eu estivesse amarrada em um galhinho de trepadeira com um arame.

E voltei a correr. E ele atrás. As lojas fechadas com a persiana de canaletas abaixada e as vitrinas cheias de coisas quietas, como tinteiros e mata-borrões e postais e bonecas e tecidos estendidos e panelas de alumínio e malhas... E acabamos saindo no Carrer Gran, e eu subindo, e ele atrás, os dois correndo, e, anos depois, ele ainda às vezes ficava contando, a Colometa, no dia em que a conheci na praça do Diamante, desatou a correr e, bem em frente da parada do bonde, plaft!, a anágua dela caiu no chão.

A alcinha de linha rebentou e lá ficou a anágua. Pulei por cima, quase meu pé ficou preso nela, e corre que corre, como se estivesse sendo perseguida por todos os demônios do inferno. Cheguei em casa e no escuro me atirei na cama, minha cama de solteira, de latão, como se atirasse uma pedra em cima dela. Sentia vergonha. Quando cansei de sentir vergonha, tirei os sapatos com um pontapé no ar e soltei o cabelo. E o Quimet[3], anos depois, ainda contava isso como se fosse algo que tivesse acabado de acontecer, o elástico dela rebentou e ela corria como o vento...

3 Quimet é diminutivo de Joaquim. (N.T.)

II

Foi muito misterioso. Eu tinha colocado o vestido cor de madeira rosa, um pouco leve demais para a estação, e estava arrepiada de frio esperando o Quimet em uma esquina. De trás de uma persiana de canaletas, depois de um tempão, tive a impressão de que alguém me olhava, pois vi que as canaletas, de um lado, haviam se movido um pouquinho. Tinha combinado com o Quimet que a gente se encontraria perto do parque Güell. Saiu um menino de uma entrada, com um revólver na cintura e apontando uma espingarda, e passou rente à minha saia gritando, biiii-biiii... biii-biii...

Alguém abaixou as canaletas da persiana, a persiana ficou semiaberta, e um rapaz de pijama fez psiu... psiu... com os lábios, e com um dedo em gancho me fazia sinal para que me aproximasse. Para ter certeza, coloquei um dedo no peito apontando para mim e, olhando-o, disse baixinho, eu? Mesmo sem me ouvir ele entendeu e fez que sim com a cabeça, que, aliás, era linda, e atravessei a rua para chegar mais perto. Quando estava ao pé da sacada o rapaz me disse, entra, para a gente dar uma deitadinha.

Fiquei de mil cores diferentes e voltei enfurecida, principalmente comigo mesma, e agoniada porque sentia que o rapaz olhava para as minhas costas e atravessava minha roupa e minha pele. Fiquei de um jeito que o rapaz do pijama não me visse, mas tinha medo de que, meio escondida, quem não me visse fosse o Quimet. Pensava no que poderia acontecer, porque era a primeira vez que a gente ia se encontrar em um parque. De manhã tinha feito um monte de besteiras pensando na tarde, pois sentia um mal-estar que não me largava. O Quimet combinou que a gente se encontraria às três e meia e só chegou às quatro e meia, mas eu não falei nada porque pensei que talvez eu é que tivesse entendido mal e estivesse enganada, e como ele não disse nem meia palavra de desculpas... Nem me atrevi a dizer que meus pés estavam doendo de ficar tanto tempo em pé, pois estava usando sapatos de verniz, muito quentes, e que um rapaz tinha tomado liberdades comigo. Começamos a subir sem trocar uma única palavra e quando chegamos lá em cima meu frio passou e minha pele ficou de novo lisa como sempre. Queria contar para ele que tinha brigado com o Pere, que estava tudo terminado. Sentamos em um banco de pedra em um canto perdido, entre duas árvores meio desfolhadas, com um melro que vinha do chão, ia de uma árvore para outra dando um pio curto, um pouco rouco, e a gente ficava um tempo sem vê-lo, até que ele voltava a sair de baixo quando já nem esperávamos mais e fazia sempre a mesma coisa. Sem olhar para ele, de rabo de olho, via que Quimet observava as casas, pequenas e distantes. Finalmente ele perguntou, você não tem medo desse passarinho?

Disse que gostava muito dele, e ele me disse que os pássaros pretos, mesmo os melros, a mãe dele sempre dizia, traziam desgraça. Todas as outras vezes que eu e o Quimet tínhamos saído juntos, depois do primeiro dia na praça do Diamante, a primeira coisa que ele me perguntava, colocando a cabeça e o corpo para a frente, era se eu já tinha terminado com o Pere. E naquele dia ele não perguntou isso e eu já não sabia de que maneira começar a contar que já tinha dito para o Pere que, comigo, não ia dar certo. E foi duro ter de dizer isso, porque o Pere tinha ficado como um fósforo que depois de aceso é soprado. E quando lembrava que tinha brigado com o Pere eu sentia uma pena dentro de mim, e a pena me fazia imaginar que tinha cometido uma má ação. Com certeza: porque eu, que por dentro sempre estivera muito tranquila, quando me lembrava da cara que o Pere havia feito, sentia uma pena que doía bem lá no fundo, como se no meio da minha paz de antes se abrisse uma portinha que fechava um ninho de escorpiões e os escorpiões saíssem para se misturar com a pena e torná-la pungente e fazê-la se espalhar pelo meu sangue e deixá-lo preto. Porque o Pere, com a voz esganiçada e as meninas dos olhos com uma cor embaçada que tremulava, me disse que eu acabara com a vida dele. Que o transformara em um montinho de barro insignificante. E foi ainda olhando para o melro que o Quimet começou a falar do senhor Gaudí, que o pai dele o conhecera no dia em que o senhor Gaudí fora atropelado pelo bonde, que o pai foi um dos que o levaram para o hospital, pobre senhor Gaudí, tão boa pessoa, olha só que morte mais miserável... E que no mundo não havia nada como o parque Güell nem como a Sagrada Família e La Pedrera. Eu disse a ele que, em resumo, achava que tudo aquilo eram ondas demais e pontas demais. Ele me deu uma pancada no joelho com o canto da mão que jogou minha perna para o ar de surpresa e me disse que, se eu queria ser mulher dele, tinha de começar por gostar de tudo o que ele gostava. Passou-me um grande sermão sobre o homem e a mulher e os direitos de um e os direitos do outro e quando pude interrompê-lo, perguntei:

— E se eu não gostar de uma coisa de jeito nenhum?

— Tem de gostar, porque você não entende disso.

E tome sermão de novo: e bem longo. Apareceu muita gente da família dele: os pais, um tio que tinha capelinha e genuflexório, seus avós e as mães dos Reis Católicos, que eram, dizia ele, as que tinham indicado o bom caminho.

E a certa altura, coisa que de início não consegui entender, porque ele juntou com outras coisas que estava falando, disse, pobre Maria... E de novo as mães dos Reis Católicos e que talvez a gente pudesse se casar logo porque ele já tinha dois amigos que estavam procurando casa para ele. E que iria fazer uns móveis que quando eu visse iria cair para trás, porque não era à toa que ele era marceneiro, e que ele era como São José e eu era como se fosse a Mãe de Deus.

Dizia tudo isso muito alegre, e eu ficava pensando o que será que ele queria dizer quando falou pobre Maria... e ia minguando da mesma maneira que diminuía a luz do dia, e o melro incansável, sempre saindo de baixo e indo de uma árvore para outra e voltando a sair de baixo, como se houvesse muitos melros empenhados nisso.

— Vou fazer um armário que vai servir para nós dois, com duas partes, em madeira de lei. E quando tiver mobiliado o apartamento, vou fazer a caminha do bebê.

Disse-me que gostava e não gostava de crianças. Que nesse aspecto era meio de lua. O sol se punha e, lá onde já não batia, a sombra se tornava azul e ficava esquisita de olhar. E o Quimet falava de madeiras, que uma madeira isso, que outra madeira aquilo, que se o jacarandá, que se o mogno, que se o carvalho, que se a nogueira... Foi então, lembro agora e vou lembrar sempre, que ele me beijou, e assim que começou a me beijar vi Nosso Senhor lá no alto da casa dele, acomodado dentro de uma nuvem inflada, rodeada por um friso cor de tangerina, que ia desbotando de um dos lados, e Nosso Senhor abriu os braços em um gesto bem largo, pois tinha braços bem longos, pegou a nuvem pelas beiradas e foi se fechando dentro dela, como quem se fecha dentro de um armário.

— Hoje a gente não devia ter vindo.

E emendou o primeiro beijo com outro, e todo o céu ficou enevoado. Eu via a nuvem que ia fugindo pouco a pouco e apareceram outras nuvens mais magrinhas e todas elas se puseram a seguir a nuvem que ia cheia, e Quimet tinha gosto de café com leite. E gritou, estão fechando!...

— Como você sabe?

— Você não ouviu o apito?

Levantamos, o melro fugiu espavorido, o vento erguia minha saia... e descemos pelos caminhozinhos. Sentada em um banco de azulejo, uma menina enfiava o dedo no nariz e depois passava o dedo por uma estrela de oito pontas que ficava no encosto do banco. Usava um vestido da mesma cor que o meu e eu disse isso para o Quimet. Não respondeu. Quando saímos na rua, disse para ele, olha, ainda tem gente entrando... e ele falou para eu não me preocupar, que logo eles iam tirar as pessoas de lá. A gente foi descendo pelas ruas e na hora em que eu estava a ponto de lhe dizer, sabe?, eu e o Pere já brigamos, ele parou de repente, ficou plantado na minha frente, me pegou pelos braços e disse, como se eu fosse uma pessoa de má-fé, pobre Maria...

Estive muito perto de lhe dizer que não se torturasse, que podia me contar o que estava acontecendo com a Maria... mas não me atrevi. Ele soltou meus braços, ficou de novo do meu lado e descemos, até chegar à Diagonal com Passeig de Gràcia. Começamos a dar voltas por um conjunto de casas, e meus pés já não aguentavam mais. Quando fazia uma meia hora que a gente estava dando voltas, parou de novo, voltou a me agarrar pelos braços, estávamos embaixo de um poste de luz, e quando eu já pensava que ele voltaria a dizer pobre Maria e prendia a respiração esperando que falasse isso, ele disse, com raiva:

— Se a gente não tivesse descido logo, lá em cima, entre o melro e tudo o mais, eu não sei o que teria acontecido!... Mas você não perde por esperar, porque o dia em que puder pegar você, vou pegar de jeito!

Continuamos dando voltas pelo conjunto de casas até umas oito, sem trocar nem meia palavra, como se fôssemos mudos de nascença. Quando fiquei sozinha, olhei o céu e ele estava apenas negro. E sei lá... Em resumo, foi tudo muito misterioso.

III

Encontrei-o plantado na esquina, de surpresa, em um dia em que ele não tinha combinado de me buscar.

— Não quero mais que você trabalhe para esse confeiteiro! Soube que ele fica atrás das balconistas.

Comecei a tremer e disse para ele não gritar, que eu não podia deixar a loja assim, de qualquer jeito, e sem educação, que, coitado do homem, nunca tinha me dito uma palavra a mais do que devia e que eu gostava de vender doces e que se ele me fizesse sair de lá como é que eu ia... Ele me disse que no inverno, uma tarde, quando já estava escuro, ele viera ver como eu trabalhava. E disse que, enquanto eu acompanhava uma cliente que escolhia uma caixa de bombons na vitrina da direita, o confeiteiro me seguia com os olhos, não a mim, mas ao meu traseiro. Eu disse que ele estava indo longe demais e que era melhor a gente desistir se ele não tinha confiança em mim.

— É claro que confio em você, mas não quero que o confeiteiro fique se divertindo.

— Você ficou louco — disse eu —, é um senhor que só pensa no negócio dele! Está ouvindo?

Fiquei tão brava que minha bochecha queimava. Ele me agarrou pelo pescoço com a mão e sacudiu minha cabeça. Eu disse para ele ir embora e que, se não me atendesse, chamaria um guarda. Ficamos três semanas sem nos ver e quando já me arrependia de ter dito ao Pere que entre nós dois estava tudo terminado, porque o Pere afinal de contas era um bom rapaz, nunca me havia dado nenhum desgosto, só pensava na sua profissão, era trabalhador, ele voltou a aparecer, mais tranquilo do que um tronco de árvore, e a primeira coisa que me disse, com as mãos nos bolsos, foi, e a pobre Maria, eu a mandei passear por sua causa...

Íamos na direção do Carrer Gran pela Rambla del Prat. Ele parou diante de um armazém que tinha uma porção de sacos na entrada, enfiou a mão dentro de um saco repleto de ervilha, disse, que ervilha mais linda... e voltamos a andar. Tinha ficado com alguns grãos de ervilha na mão e quando me distraí um pouco ele os jogou nas minhas costas pela gola da blusa. Fez-me parar diante de uma vitrina cheia de roupa pronta, está vendo?, quando a gente se casar, vou fazer você comprar aventais como aqueles. Eu disse que eles pareciam roupa de hospício e ele disse que eram como os que a mãe dele usava e eu disse que para mim tanto fazia, que eu não queria porque pareciam demais com roupa de hospício.

Ele disse que ia me apresentar à mãe dele, que já tinha falado de mim para ela e que ela tinha muita vontade de ver como era a moça que seu filho escolhera. Fomos lá em um domingo. Ela morava sozinha. O Quimet vivia por conta própria para não lhe dar trabalho e dizia que desse jeito eles ficavam mais amigos, porque juntos não se davam bem. E a mãe dele morava em uma casinha perto dos Periodistes, e da sacada dava para ver o mar e a neblina que às vezes o cobria. Era uma senhora muito ativa, arrumava o cabelo no cabeleireiro, com muitas ondas. A casa dela era cheia de laços. O Quimet já tinha me contado isso. Acima do Cristo na cabeceira da cama, um laço. A cama era de mogno preto, com dois colchões e uma colcha creme com rosas vermelhas e toda a beirada de ondas enfeitadas com uma barra vermelha. Na chave do criado-mudo, um laço. Nas chaves de cada gaveta da cômoda, outro laço. E um laço em cada chave de cada porta.

— A senhora gosta muito de fitas — comentei.

— Sem fitas, uma casa não é uma casa.

E me perguntou se gostava de vender doces e eu disse que muito, sim, senhora, principalmente fazer uns frisos nas pontas do barbante passando a tesoura, e que ficava esperando os dias festivos para poder fazer muitos pacotes e ouvir o rique-raque da máquina registradora e a campainha da porta.

— Como você é animada — disse ela.

No meio da tarde, o Quimet me deu uma cotovelada que queria dizer vamos embora. E quando a gente já estava junto à porta de entrada, a mãe dele perguntou, você também gosta do serviço de casa?

— Sim, senhora, muito.

— Tanto melhor.

Então disse para a gente esperar, entrou de novo e voltou com uns rosários de bolinhas pretas, que me deu de presente. O Quimet, quando a gente já estava um pouco longe, disse que eu a havia conquistado.

— O que ela falou quando vocês duas ficaram sozinhas na cozinha?

— Que você é um rapaz muito bom.

— Já imaginava.

Disse isso olhando para o chão e dando um chute em uma pedrinha. Disse a ele que eu não sabia o que fazer com os rosários. Falou para enfiá-los em alguma gaveta, que talvez algum dia servissem para alguma coisa: que a gente não podia jogar nada fora.

— Podem servir para a menina, se a gente tiver uma...

E me deu um beliscão na parte mole do braço. Enquanto eu esfregava o braço, porque tinha doído de verdade, perguntou se eu me lembrava sei lá do que e disse que logo, logo compraria uma moto, que seria muito bom para nós porque, quando fôssemos casados, viajaríamos pelo país inteiro e que eu iria atrás. Perguntou se eu já tinha andado na garupa de uma moto com algum rapaz e eu disse que não, nunca, que eu achava muito perigoso, e ele ficou contente como um pássaro, e disse, perigoso nada, menina...

Entramos no Monumental para tomar um aperitivo e comer lulas. Lá ele encontrou com o Cintet, e o Cintet, que tinha olhos muitos grandes, como os de boi, e a boca um pouco torta, disse que vira um apartamento no Carrer del Montseny, que tinha um preço bom, mas estava meio malconservado, porque o dono não queria dor de cabeça, e que os consertos tinham de ficar por conta de quem alugasse. O apartamento ficava no último andar. O fato de ficar embaixo da laje nos agradou muito, ainda mais quando o Cintet contou que o terraço seria todo nosso. O terraço seria nosso porque os vizinhos dos apartamentos de baixo tinham uma área de serviço e os do primeiro andar, por uma escada comprida e suspensa, podiam ir até um pequeno quintal que tinha galinheiro e tanque. O Quimet ficou entusiasmado e disse ao Cintet que ele não podia deixar escapar esse apartamento de jeito nenhum, e o Cintet disse que no dia seguinte iria junto com o Mateu e que deveríamos ir também. Todos juntos. O Quimet perguntou-lhe se ele sabia de alguma moto de segunda mão, porque um tio do Cintet tinha um posto e o Cintet trabalhava no posto do tio dele, e o Cintet disse que iria dar uma olhada. Conversavam como se eu não estivesse ali. Minha mãe nunca me falara a respeito dos homens. Ela e meu pai passaram muitos anos brigando e muitos anos sem falar um com o outro. Passavam as tardes de domingo sentados na sala sem dizer nada. Quando minha mãe morreu, essa vida sem palavras ainda se prolongou. E quando depois de alguns anos meu pai se casou de novo, na minha casa não havia nada a que eu pudesse me apegar. Vivia como devem viver os gatos: para cima e para baixo com o rabo abaixado, com o rabo levantado, agora é hora de comer, agora é hora de dormir, com a diferença de que um gato não precisa trabalhar para viver. Em casa a gente vivia sem palavras, e as coisas que trazia dentro de mim me davam medo, porque não sabia se eram minhas...

Quando a gente se despediu na parada do bonde, ouvi Cintet dizer para Quimet, onde foi que você achou, tão bonitinha... E ouvi a risada de Quimet, rá, rá, rá...

Deixei os rosários no criado-mudo e fiquei olhando o jardim de baixo. O filho dos vizinhos, que servia ao Exército, tomava ar fresco. Fiz uma bolinha de papel, atirei nele e me escondi.

IV

— Acho que você faz bem em se casar novinha. Você precisa de um marido e de um teto.

A dona Enriqueta, que vivia de vender castanha e batata-doce na esquina da Smart no inverno, e amendoim e amêndoa doce pelas quermesses no verão, sempre me dava bons conselhos. Sentada na minha frente, as duas no terraço, de quando em quando ela puxava as mangas para cima; para arregaçá-las, calava-se, e quando já as tinha arregaçado, prosseguia a conversa. Era alta, com boca de peixe e nariz pontudo como um saquinho de amendoim. Verão ou inverno, vestia sempre meias brancas e sapatos pretos. Andava muito limpa. E gostava muito de café. Tinha um quadro dependurado com um barbante amarelo e vermelho, que mostrava um monte de lagostas com coroa dourada, rosto de homem e cabelos de mulher, e toda a grama em volta das lagostas, que saíam de um poço, estava queimada, e o mar ao fundo e o céu por cima eram cor de sangue de boi, e as lagostas vestiam uma couraça de ferro e matavam a rabadas. Lá fora chovia. A chuva caía fininha sobre todos os terraços, sobre todas as ruas, sobre todos os jardins, sobre o mar, como se já não tivesse água suficiente, e sobre as montanhas, talvez. A gente já quase não enxergava, e ainda era o começo da tarde. Gotas de chuva pendiam dos varais e brincavam de corre-corre e, às vezes, alguma caía, e antes de cair se esticava, se esticava, porque parecia difícil para ela desprender-se. Já estava chovendo havia oito dias; uma chuva miúda, nem muito forte nem muito fraca, e as nuvens estavam tão carregadas que seu inchaço fazia com que se arrastassem pelos terraços. Olhávamos a chuva.

— Acho que o Quimet é melhor para você do que o Pere. Ele está estabelecido, enquanto o Pere trabalha para os outros. O Quimet é mais esperto e sabe se virar melhor.

— Mas às vezes ele suspira triste e diz, pobre Maria...

— Mas ele vai se casar com você, não é?

Eu estava com os pés congelados porque meus sapatos haviam molhado e tinha a testa muito quente. Contei a ela que o Quimet queria comprar uma moto, e ela me disse que já se notava que era um rapaz muito moderno. E foi dona Enriqueta quem me acompanhou para comprar o enxoval de noiva, e quando contei que talvez a gente fosse morar em um apartamento perto da casa dela, ficou muito contente.

O apartamento estava abandonado. A cozinha tinha cheiro de barata e encontrei um ninho de ovos compridinhos cor de caramelo, e o Quimet disse, procura que você ainda vai achar mais. O papel de parede da sala era de círculos. O Quimet falou que queria um papel verde-maçã. E papel cor creme no quarto do bebê, com um barrado de palhaços. E uma cozinha nova. Disse para o Cintet avisar o Mateu que ele queria vê-lo. No domingo à tarde, fomos todos ao apartamento. O Mateu logo começou a desmanchar a cozinha, e um peão, com a calça toda remendada, levava embora o entulho e o despejava em um carrinho que haviam deixado na rua. Mas o peão estava sujando a escada toda, e apareceu uma vizinha do primeiro andar e disse que a gente não podia ir embora sem varrer aquilo, porque ela não queria quebrar a perna em um escorregão... e o Quimet de vez em quando dizia, será que não vão levar o carrinho embora?... Eu e o Cintet começamos a molhar as paredes da sala de jantar, e com uma espátula raspávamos o papel. Depois de um tempo trabalhando percebemos que o Quimet não estava mais lá. O Cintet disse que quando o Quimet não tinha vontade de fazer uma coisa, escapulia que nem um peixe. Fui até a cozinha beber água, e o Mateu estava com a camisa empapada nas costas, o rosto brilhando de suor, e batia sem parar o martelo na talhadeira. Voltei a raspar papel. E o Cintet me disse que quando o Quimet voltasse iria se fazer de desentendido e que tinha certeza de que ele iria demorar. O papel custava muito a se desprender, e embaixo do primeiro apareceu outro, e outro, no total foram cinco camadas. Quando já estava escuro e a gente lavava as mãos, o Quimet apareceu e disse que, enquanto ajudava o peão a jogar entulho no carrinho, encontrara um cliente seu... E o Cintet disse, e assim, papo vai, papo vem, foi passando o tempo, é claro... E Quimet, sem nem olhar para ele, dizia que havia mais trabalho do que ele imaginava, mas que no fim ia dar tudo certo. Quando a gente estava para descer a escada, o Mateu disse que eles fariam uma cozinha que iria parecer a cozinha de uma rainha. E então o Quimet quis subir no terraço. Ventava forte e podíamos ver muitos terraços, mas a varandinha do primeiro andar tapava a vista da rua. E fomos embora. Entre o nosso andar e o primeiro, na parede estava cheio de coisas escritas: nomes e desenhos. E entre os nomes e os desenhos tinha uma balança muito bem desenhada, com as linhas afundadas para dentro da parede, como se tivessem sido feitas com a ponta de um estilete. Um dos pratos pendia um pouco mais para baixo do que o outro. E passei o dedo em volta de um dos pratos. Fomos tomar aperitivo e comer lulas. No meio da semana, briguei de novo com o Quimet por causa da sua implicância com o confeiteiro.

— Se eu o vir de novo olhando para o seu traseiro com aqueles olhos, vou entrar e ele vai ter de me ouvir — gritava. Ficou uns dois ou três dias sumido e quando voltou lhe perguntei se já tinha passado e ele ficou que nem um galo de briga e que tinha vindo pedir explicações, porque me vira passeando com o Pere. Disse que ele devia ter me confundido com outra. Ele falou que era eu mesma. Jurei que não era verdade, e ele jurava que era. De início, discuti normalmente, mas como ele não acreditava em mim acabou me fazendo gritar e disse, quando me viu gritando, que todas as mulheres eram loucas e que não valiam um tostão, e então eu perguntei onde é que ele tinha me visto com o Pere.

— Na rua.

— Que rua?

— Na rua.

— Que rua? Que rua?

Foi embora a passos largos. Passei a noite toda em claro.

No dia seguinte, voltou e disse que eu tinha de lhe prometer que não iria mais sair com o Pere e, para acabar com aquilo de vez e não ter de ouvir mais a sua voz, pois quando ele ficava furioso não parecia a dele, eu disse que iria fazer o que ele queria e não sairia mais com o Pere. Em vez de ficar contente, ficou que nem um capeta, falou que já estava farto de mentiras, que me havia preparado uma armadilha e eu tinha caído que nem um ratinho, me fez pedir desculpas por ter saído para passear com o Pere e por ter-lhe dito que não havia saído e, no fim, me fez chegar a acreditar que eu havia saído e disse que me ajoelhasse.

— No meio da rua?

— Ajoelha por dentro.

E me fez pedir perdão de joelhos por dentro por ter saído para passear com o Pere, que, pobre de mim, eu não via desde que a gente tinha brigado. No domingo, fui raspar papel. O Quimet só apareceu quando estávamos indo embora, pois precisou trabalhar em um móvel que tinha para entregar. O Mateu estava quase terminando a cozinha. Mais uma tarde e pronto. Toda de azulejo branco até a altura do braço. E a parte de cima do fogão com azulejo vermelho brilhante. Mateu disse que todos os azulejos vinham da obra. E que eram seu presente de casamento. Ele e Quimet se abraçaram, e Cintet, com seus olhos parados de boi, esfregava as mãos. Fomos todos juntos tomar aperitivo e comer lulas. O Cintet disse que, se a gente precisasse de anel, ele conhecia um joalheiro que fazia por um preço mais em conta. E o Mateu disse que conhecia outro que fazia pela metade do preço.

— Não sei como você consegue isso — disse o Quimet.

E Mateu, todo loiro e de olhos azuis, ria contente e nos olhava devagar, ora um, ora o outro.

— Jeitinho.

V

Na véspera do Domingo de Ramos, meu pai perguntou quando nos casaríamos. Ele andava em direção à sala, à minha frente, com o salto dos sapatos muito gastos do lado de fora. Falei que a gente não sabia... quando o apartamento ficasse pronto.

— Ainda falta muito?

Falei que não podia dizer exatamente porque dependia do tempo que a gente pudesse se dedicar. Que as paredes tinham pelo menos cinco camadas de papel e que o Quimet não queria que ficasse nenhuma, pois para ele as coisas tinham de ser bem-feitas e para toda a vida.

— Fala para ele vir almoçar no domingo.

Disse isso para o Quimet, e ele ficou bravo.

— Fui pedir sua mão em casamento e ele se mostrou meio indiferente e disse que eu era o terceiro e que vamos ver se seria o último, para ver se eu ficava mais animado, e agora me convida? Quando a gente estiver casado...

Fomos receber a bênção. Na rua, havia meninos carregando palmas grandes e meninas com palmas menores, e meninos com matracas e meninas também com matracas, e alguns em vez de matracas levavam pedaços de pau e malhavam os judas pelas paredes e pelo chão e davam pauladas em latas ou baldes velhos e por todo lugar. Quando chegamos a Josepets, todo mundo gritava. O Mateu vinha conosco, com a menina no colo, uma menina com uma flor, e ele a carregava como se ela fosse uma flor de verdade. Era toda loirinha com cachinhos no cabelo e tinha os olhos azuis como o Mateu, mas era uma menina que não sorria. Trazia uma palma que o Mateu a ajudava a carregar, cheia de cerejas confeitadas. Outro pai carregava um menino no colo e segurava uma palma com um laço de seda azul e uma estrela de brocado, e os dois pais, empurrados pelas pessoas, sem perceber foram se aproximando, e o menino começou a arrancar as cerejas da palma da menina do Mateu, e quando a gente percebeu metade da palma já estava pelada.

Fomos almoçar na casa da mãe do Quimet: havia muitos raminhos de buxo em cima da mesa, amarrados com uma fitinha vermelha. E palmas pequenas, amarradas com uma fitinha azul-clara. Ela disse que todo ano fazia aquela preparação para ficar bem com os amigos. Ela me deu de presente um raminho com a fitinha vermelha, porque eu havia dito que levara a palma para benzer. E do jardim entrou uma senhora, e a mãe do Quimet nos apresentou; era uma vizinha que a mãe dele acolhera porque tinha brigado com o marido.

Na hora de almoçar, quando já havíamos começado, o Quimet pediu o sal. A mãe do Quimet levantou a cabeça prontamente e disse que ela sempre salgava demais a comida. E o Quimet disse, pois hoje você deixou a comida sem sal. A senhora vizinha disse que não achava a comida nem salgada nem sem sal: no ponto. E o Quimet disse que mais sem sal do que estava impossível. A mãe dele ficou em pé, foi até a cozinha e voltou com um saleiro que era um coelho, o sal saía dele pelas orelhas. Deixou o saleiro em cima da mesa e disse secamente, o sal. E o Quimet, em vez de pôr sal no prato, começou a dizer que parecia que todo mundo tinha virado sal desde que aquela senhora não obedecera ao marido e virara de repente para trás, quando o que se pedia a ela era que andasse bem direita e para a frente. A mãe do Quimet disse para ele calar a boca e comer, e ele perguntou à vizinha se tinha razão ou não de dizer que ela não devia ter virado para trás de repente, e a vizinha, mastigando e engolindo a comida muito educadamente, disse que não estava entendendo.

 E o Quimet então disse que o diabo..., e quando falou o diabo calou-se, e dirigindo-se à mãe enquanto sacudia o saleiro do coelho disse olha, está vendo? nem um grão de sal. A senhora passou a manhã fazendo lacinhos e nem um grão de sal. Então saí em defesa da mãe do Quimet e disse que sim, que ela havia posto sal na comida. E a vizinha disse que não gostava de comer comida salgada demais, e o Quimet disse que, então, entendia que a mãe tivesse feito o almoço sem sal para agradá-la, mas que uma coisa era fazer o almoço ao gosto de uma vizinha e outra coisa era querer fazer o filho acreditar que ela havia posto sal na comida. E ia jogando sal no prato, e a mãe dele fazendo o sinal da cruz, e quando o Quimet já tinha salgado bem a comida deixou o saleiro sobre a mesa e começou de novo a falar do sal. E que todo mundo sabia que o diabo... E a mãe disse que parasse de encher com aquela conversa, mas ele nem ligou, continuou dizendo que o diabo tinha criado os diabéticos, que eram feitos de açúcar, só para chatear. Somos todos salgados: o suor, as lágrimas... e falou para mim, lambe a mão e você vai ver que gosto tem. E de novo com o diabo, e a vizinha disse que ele não era mais um menininho para ficar acreditando em diabo, e Quimet respondeu que o diabo, de novo ele, e a mãe falou, cala a boca. E o Quimet ainda não tinha começado a comer e a gente já estava na metade e foi quando ele falou que o diabo era a sombra de Deus, e também que estava por toda parte, nas plantas, nas montanhas, fora pelas ruas e dentro das casas, por cima e por baixo da terra, e que ia disfarçado de mosca-varejeira, todo de preto, com veios azuis e vermelhos, e que quando era só uma mosca-varejeira se entupia de lixo e de animais mortos meio apodrecidos e atirados na esterqueira. E afastou o prato dizendo que não tinha mais fome e que iria comer só a sobremesa.

No domingo seguinte veio almoçar em minha casa e deu um charuto de presente para o meu pai. Eu trouxe um rocambole de creme. Durante todo o almoço, o Quimet falou de madeiras e da resistência que tinham umas e outras. Enquanto tomávamos café, perguntou se eu queria ir embora logo ou se preferia ir mais tarde, e eu respondi que tanto fazia. Mas a mulher do meu pai disse que era melhor que os jovens fossem se divertir, e às três já estávamos na rua com um sol de rachar. Fomos até o apartamento para raspar papel. Ali encontramos o Cintet, que havia trazido dois rolos e os examinava junto com o Mateu, e disse que conhecia um aplicador de papel de parede que faria o serviço na base da amizade se o Quimet lhe desse de presente uns pés para uma mesa que tinha os originais muito carcomidos e que um deles estava meio descolado porque as crianças dele, quando ficavam sozinhas em casa, o puxavam de lá para cá só para tentar descolá-lo. E ficaram combinados assim.

E quando a sala já estava com papel novo, apareceu uma mancha do lado direito. A gente mandou chamar o rapaz que havia aplicado o papel e ele disse que a culpa não era dele, que a mancha devia ter aparecido depois. Que era um defeito da parede, que devia ter arrebentado alguma coisa dentro dela. E o Quimet disse que aquela mancha já devia estar lá e que a obrigação dele era ter avisado que havia umidade. O Mateu disse que era melhor ver no vizinho, que talvez eles tivessem a pia daquele lado e que, se ela tivesse vazamento, estaríamos perdidos. Todos os três foram até o vizinho, que os recebeu mal, dizendo que, se eles tinham uma mancha, ele não tinha nenhuma, e deu o endereço do seu senhorio. Este falou que iria mandar alguém para dar uma olhada na mancha, e não veio ninguém, e finalmente veio ele em pessoa, olhou a mancha e disse que era um problema que a gente mesmo tinha de pagar ou o nosso senhorio, porque era uma coisa que a gente tinha feito ao martelar. O Quimet disse que ninguém tinha martelado nada. O senhorio disse que era consequência da reforma que a gente fizera na cozinha e que ele lavava as mãos. O Quimet ficou louco da vida. O Mateu disse que se fosse preciso fazer algum conserto o melhor seria dividir meio a meio. Mas o proprietário do apartamento vizinho não queria saber de nada, vocês têm de procurar o seu senhorio, dizia.

— Se a mancha vem do seu lado, o que você quer que a gente vá fazer na casa do nosso senhorio? — Já o senhorio do vizinho dizia que, se a mancha vinha do seu lado, ele podia provar que do lado dele não tinha nada que pudesse fazer aparecer manchas. O senhorio foi embora, e todos reclamavam. E, no fim das contas, tantas idas e vindas, tantos argumentos e tanta raiva, tudo isso por nada, por uma coisa que não valia tanto a pena, uma coisa que se resolveu quando colocamos o aparador na frente.

Todo domingo íamos até o Monumental tomar um aperitivo e comer lulas. Um dia um homem de camisa amarela se aproximou querendo nos vender postais de uma artista que havia muitos anos tinha sido a rainha de Paris. Disse que era representante dela, que aquela artista, que era a queridinha de príncipes e reis, vivia sozinha, da venda de suas coisas e suas lembranças. O Quimet o mandou embora com um grito. Quando saímos, ele disse que eu podia ir para casa porque ele tinha encontro marcado com um senhor que queria que ele reformasse três dormitórios. Dei umas voltas pelo Carrer Gran olhando vitrinas. E a vitrina das bonecas no bazar. Alguns imbecis começaram a mexer comigo, e um muito safado se aproximou mais do que os outros e disse, é muito boa. Como se eu fosse um prato de sopa. A coisa toda não me agradava nem um pouco. E era verdade que meu pai sempre me dizia que eu era do tipo exigente... mas o que acontecia comigo era que eu não sabia muito bem por que estava no mundo.

VI

Disse que me levaria para conhecer monsenhor Joan. E no caminho falou que a gente deveria pagar o aluguel do apartamento meio a meio. Como se fôssemos amigos. Isso me custou alguns gritos em casa, pois meu pai administrava o dinheiro que me sobrava depois que a mulher dele tirava o valor da comida. Finalmente meu pai concordou que eu pagasse a metade do aluguel. Bem, mas isso do aluguel o Quimet me falou enquanto a gente ia ver monsenhor Joan.

Monsenhor Joan parecia feito de asa de mosca; quero dizer, a roupa dele. Daquele tipo de preto apagado. Recebeu-nos como um santo. O Quimet disse, isso de casar, para mim... é só um momento, e quanto menos se gastar, melhor, e se puder ser em cinco minutos em vez de dez, melhor. Monsenhor Joan, que conhecia o Quimet desde pequeno, pôs as mãos abertas sobre os joelhos, inclinou-se para a frente e, com os olhos enevoados, porque se via que os anos também tinham chegado aos olhos, disse, não se iluda.

O matrimônio é uma coisa para a vida toda e temos de dar-lhe importância. Você não troca de roupa aos domingos? Pois o matrimônio, no início, é como um grande domingo, requer cerimônia. Se a gente não desse importância para nada, seria como se ainda não fôssemos civilizados... E você quer ser civilizado, acho eu... o Quimet ouvia com a cabeça baixa e quando ia dizer alguma coisa monsenhor Joan o fazia calar-se com a mão.

— Eu vou casá-los e penso que é melhor que vocês se casem com calma. Sei que os jovens são muito dinâmicos e querem viver, viver depressa... mas a vida, para ser vida, tem de ser vivida aos poucos... Eu acho que sua noiva vai gostar mais de usar vestido de noiva, para que todos que a vejam saibam que é noiva, em vez de usar um vestido normal, mesmo que seja novo... As moças são assim. E em todos os casamentos que fiz... em todos os bons casamentos que fiz, a moça estava vestida de noiva.

Quando a gente saiu, Quimet disse, eu o respeito muito porque ele é um bom homem.

Tudo o que levei de casa foi a cama de latão, a única coisa que tinha. O Cintet nos deu de presente o lustre da sala, de ferro, com uma franja de seda cor de morango, tudo preso no teto com três correntes de ferro unidas por uma flor de ferro de três folhas. Fui vestida de noiva, de saia longa. O Quimet foi de roupa escura. Também vieram o aprendiz e a família do Cintet: três irmãs e dois irmãos casados, que foram com as mulheres. Meu pai também veio para me levar ao altar; e a mãe do Quimet, com um vestido de seda preto que quando ela se mexia rangia todo. E a Julieta em um vestido de renda cinza com um laçarote rosa. Todos juntos, éramos bastante gente. A mulher do Mateu, que se chamava Griselda, na última hora não pôde vir porque não se sentia bem, e o Mateu disse que isso acontecia bastante com ela e que a gente a desculpasse. Foi tudo muito demorado, e monsenhor Joan fez um sermão muito bonito; falou de Adão e Eva, da maçã e da serpente, e disse que a mulher era feita de uma costela do homem e que Adão a encontrou adormecida ao seu lado sem que Nosso Senhor o tivesse preparado para a surpresa. Explicou-nos como era o Paraíso: com regatos e prados de grama baixinha e flores cor de céu, e Eva, quando acordou, a primeira coisa que fez foi pegar uma flor azul e soprá-la, e as folhas voaram por um instante, e Adão a repreendeu porque havia feito mal a uma flor. Porque Adão, que era o pai de todos os homens, só queria o bem. E tudo terminou com a espada de fogo... Acabou no maior pandemônio, disse dona Enriqueta, que estava sentada atrás de mim, e eu pensei o que diria monsenhor Joan se um dia pudesse ver o quadro das lagostas com aquela cabeça tão confusa, que matavam a rabadas... Todo mundo disse que o sermão tinha sido um dos mais bonitos que monsenhor Joan já fizera, e o aprendiz disse para a mãe do Quimet que monsenhor Joan, no casamento da sua irmã, também havia falado do Paraíso e dos primeiros pais e do anjo e da espada flamejante... Tudo igual; a diferença eram as flores, que no casamento da sua irmã ele disse que eram amarelas, e a água dos regatos, que daquela vez ele disse que eram azuis de manhã e cor-de-rosa à tarde.

Fomos até a sacristia assinar os papéis, e depois os carros nos levaram até Montjuïc para passear e abrir o apetite. E quando a gente terminou o passeio, enquanto os convidados tomavam um aperitivo, eu e o Quimet fomos tirar as fotos de casamento. Fizeram fotos com o Quimet em pé e eu sentada e com o Quimet sentado e eu em pé. E conosco sentados meio virados de costas e outra foto com os dois sentados e de frente um para o outro, para não dar a impressão de que estão sempre brigados, disse o fotógrafo. E outra com os dois de perfil e em pé, eu com a mão em cima de uma mesinha baixa de três pés, que estava bamba, e outra com os dois sentados em um banco, ao lado de uma árvore de tule e papelão. Quando chegamos ao Monumental, disseram que já estavam cansados de esperar por nós e a gente respondeu que o fotógrafo havia feito fotos artísticas e que isso levava tempo. Aconteceu que não sobraram nem azeitonas nem anchovas, e o Quimet falou que para ele tanto fazia e que a gente fosse almoçar, mas que ele teria de dizer a eles que eram um bando de mal-educados. E o tempo inteiro do almoço discutiu com o Cintet… Que as azeitonas isto, que as azeitonas aquilo, e Mateu não dizia nada, apenas, de vez em quando, me olhava e ria. E me disse por trás da cadeira do meu pai, eles sempre fazem a gente rir. Almoçamos muito bem e depois do almoço puseram discos e todo mundo saiu dançando. Meu pai dançou comigo. Eu dançava usando o véu, mas no fim tirei e dei para a dona Enriqueta, para poder dançar melhor. E ao dançar segurava a saia, pois tinha medo de que alguém pisasse nela. Dancei uma valsa com o Mateu, e ele dançava bem e me levava como uma pluma, como se na vida eu não tivesse feito outra coisa a não ser dançar, de tão bem que ele me conduzia. Minhas bochechas queimavam. Dancei com o aprendiz, que não sabia dançar muito bem, e o Quimet ficava rindo dele para chateá-lo, mas o aprendiz não lhe dava bola. E na metade do baile entraram quatro senhores que estavam almoçando em um salão ao lado do nosso e pediram licença para se juntar a nós. Todos eram velhos, já com uns quarenta anos. E depois dos quatro chegaram mais dois. No total, meia dúzia. E disseram que estavam comemorando uma operação de apendicite a que havia sido submetido o mais jovem deles, que levava um cordão dependurado da orelha porque era um pouco surdo, que a operação tinha sido um sucesso, como a gente podia ver, e que ficaram sabendo que no salão ao lado havia um baile de casamento e decidiram ver se os deixavam fazer parte do grupo, pois precisavam de alegria e juventude. E todos aqueles senhores vieram me cumprimentar e me perguntaram quem era o noivo e lhe deram charutos de presente, e todos dançaram comigo, e tudo era risada, e, ao ver que aqueles senhores que comemoravam a operação tinham se juntado a nós, o garçom que servira as bebidas perguntou se poderia dançar com a noiva, que era um costume que ele tinha e que lhe trazia sorte. Disse que se a gente não se incomodasse ele anotaria meu nome em um caderninho, no qual estavam os nomes de todas as noivas com as quais tinha dançado, e ele anotou meu nome e nos mostrou o caderninho, e o caderninho tinha sete páginas cheias de nomes. Ele era feito um aspargo, o rosto encovado e com um dente apenas. Penteava o cabelo todo para um lado para cobrir o pedaço careca, e na hora em que eu ia dançar com o garçom, que disse que tinha vontade de dançar uma valsa, o Quimet colocou um *pasodoble* bem agitado, e o garçom e eu parecíamos flechas para cima e para baixo, e todo mundo estava muito contente, e na metade o Quimet disse que queria terminar o *pasodoble* comigo, porque tinha me conhecido dançando um *pasodoble*, e o garçom me entregou para o Quimet e em seguida passou a mão pela cabeça para ajeitar os cabelos-cortina e acabou deixando-os ainda mais revoltos, então os cabelos iam por onde queriam. Os senhores da operação haviam ficado em pé junto à porta, todos de preto com um cravo branco na lapela, e enquanto dançava eu os via de esguelha, e pareciam de outro mundo.

Mesmo dançando, Quimet continuava a reclamar, que se eles acham que vão me fazer passar ridículo, que ali só estava faltando monsenhor Joan com o sermão, e o baile terminou. Todo mundo aplaudia, e eu mal podia respirar, meu coração batia acelerado, e era de lá que brotava a alegria que me saltava pelos olhos. E quando tudo terminou, tinha vontade que ainda fosse o dia anterior, para começar tudo de novo, tão bonito...

VII

Já fazia dois meses e sete dias que estávamos casados. A mãe do Quimet nos dera o colchão de presente, e dona Enriqueta, a colcha, antiga, com flores de crochê em relevo. O tecido do colchão era azul, com um desenho de penas brilhantes e eriçadas. A cama era de madeira clara. A cabeceira e os pés eram feitos de coluninhas enfileiradas, e as coluninhas eram todas de bolas, umas por cima das outras. Embaixo da cama, cabia muito bem uma pessoa enfiada. Soube disso por experiência própria no dia em que estreei o vestido cor de castanha com uma gola muito fina de cor creme, que eu mesma havia costurado. A saia era toda pregueada e a frente abotoada com botões dourados. Depois do jantar, sem falar nada para fazer surpresa, enquanto o Quimet desenhava um móvel embaixo da luminária de ferro que criava um círculo de luz sobre a mesa, fui pôr o vestido novo, e depois de vesti-lo apareci na sala. Sem levantar a cabeça do trabalho, o Quimet perguntou:

— O que você estava fazendo, tão quieta?

Ele me olhou, e a sombra da franja cor de morango caía em cima de metade de seu rosto, e já fazia dias que ele dissera, vamos ter de pendurar esse lustre mais alto porque assim ele vai espalhar mais a luz. Eu estava plantada na frente dele, que me olhava e não dizia nem meia palavra, e ficou assim um bom tempo, e eu já não aguentava mais, e ele me olhava sem parar. Os olhos, na sombra, eram ainda menores e mais afundados, e quando eu já não podia aguentar mais ele se levantou como um esguicho de água, com os braços para cima e as mãos abertas como se a parte de dentro dos dedos fosse rasgar, e partiu para cima de mim fazendo uuuuuuuuuu... uuuuuuuu... Saí em disparada pelo corredor, e o Quimet atrás de mim, uuuuuu... uuuuuuu... Entrei no nosso quarto e ele me seguiu até lá e me jogou no chão e me enfiou embaixo da cama empurrando-me pelos pés, e pulou para cima da cama. Quando eu tentava sair, batia na minha cabeça lá de cima, de castigo!, gritava. E fosse qual fosse o lado pelo qual eu tentasse sair, plaft!, a mão na cabeça, de castigo! Essa brincadeira, depois, ele me fez muitas outras vezes.

Um dia vi umas xícaras de chocolate muito bonitas e comprei seis: todas brancas, bojudas. E o Quimet, assim que as viu, ficou zangado: o que é que a gente vai fazer com essas xícaras de chocolate?

Cintet chegou naquela hora e, sem nem perguntar como estávamos, nos explicou que o Mateu tinha um amigo que conhecia um senhor do Carrer de Bertran e que aquele senhor queria restaurar todos os móveis da casa dele. Falou para você ir lá amanhã à uma. A casa tem três andares. Você vai poder recuperar o que gastou no casamento, porque esse senhor tem pressa e você terá de fazer horas extras. O

Quimet anotou o endereço e, então, abriu o armário da cozinha, você já pode ver no que é que a gente perde tempo... Nem eu nem ela gostamos de chocolate quente. Isso é que é não ter o que fazer... Cintet pegou uma xícara rindo e fingiu que bebia e voltou a colocá-la ao lado das outras. Ficou bem claro que eu não gostava de chocolate quente.

Com o dinheiro que ganhou restaurando os móveis do senhor do Carrer de Bertran, o Quimet comprou uma moto usada. Ele a comprou de um senhor que havia morrido de acidente e só foi encontrado um dia depois de morto. Com aquela moto, a gente ia pelas estradas como um raio, alvoroçando as galinhas dos povoados e assustando as pessoas.

— Segura firme que agora a gente vai fazer bonito.

Eu sofria mais era nas curvas; a gente ficava quase rente ao chão e na reta voltava a endireitar, você nem imaginava quando me conheceu que eu ia fazer você engolir quilômetros, não é? Às vezes, meu rosto congelava e parecia duro que nem papelão, os olhos lacrimejavam, e com a bochecha nas costas do Quimet eu pensava o caminho inteiro que talvez nunca mais visse minha casa de novo.

— Hoje a gente vai para o litoral.

Almoçamos em Badalona e não fomos além de Badalona porque tínhamos acordado muito tarde. O mar nem parecia de água: cinza e triste, pois estava nublado. E o inchaço que lhe vinha de dentro era a respiração dos peixes, e a raiva dos peixes era a respiração do mar, quando o mar subia com cristas e bolhas. Enquanto a gente tomava café, como um punhal traiçoeiro, outra vez, pobre Maria...

Começou a sair sangue pelo meu nariz e eu não conseguia estancá-lo. Coloquei uma moeda de dez centavos entre as sobrancelhas e a chave da porta da rua, que era muito grande, atrás do pescoço. O garçom do café me acompanhou até o banheiro e me ajudou a jogar água na cabeça. Quando voltei, o Quimet estava com os lábios apertados e o nariz roxo de raiva, na hora da gorjeta ele vai ver. Nem um tostão.

Disse que o garçom não devia ter me acompanhado, e eu disse por que então ele não me acompanhara, e respondeu que eu já era grandinha e podia ir sozinha. Quando subiu na moto, de novo: se a Maria pudesse ver esses cem cavalos...

Comecei a levar a coisa a sério. Alguns dias antes de dizer pobre Maria eu já sabia que se aproximava a hora de dizer pobre Maria, porque ele ficava meio amuado. E depois que dizia pobre Maria e me via preocupada, ficava quieto como se não estivesse ali, mas eu sentia que ele estava tranquilo por dentro. E eu não conseguia tirar a Maria da cabeça. Se limpava a casa, pensava: a Maria deve fazer isso melhor do que eu. Quando lavava a louça, pensava: a Maria deve deixá-la mais limpa. Se arrumava a cama, pensava: a Maria deve deixar os lençóis mais esticadinhos... E só pensava na Maria, sem parar, sem parar. Escondi as xícaras; quando pensava que as tinha comprado sem pedir autorização ao Quimet, ficava com o coração apertado. E a mãe do Quimet, assim que me via, e aí, nenhuma novidade?

E o Quimet, com os braços abaixados, encostados ao corpo, e as mãos abertas, com a palma para fora, levantava os ombros e não dizia nada. Mas eu ouvia a voz que ele trazia escondida dentro dele, e a voz escondida dentro dele dizia, a culpa não é minha. E a mãe dele me olhava e seus olhos ficavam como se fossem de vidro enquanto me olhava, talvez ela coma pouco... Pegava no meu braço, mas ela não está tão magrinha assim...

Ela engana, dizia o Quimet, e olhava para nós duas. A mãe dele, sempre que a gente ia lá, dizia que tinha feito um almoço de não sei quantas pesetas para nós. E quando a gente ia embora, o Quimet sempre dizia, e que tal a minha mãe como cozinheira? E a gente subia na moto. Ruuuuuuuum... ruuuuuuuuuum... Como um raio. À noite, enquanto tirava a roupa, já era rotina, hoje, como é domingo, vamos fazer um menino. No dia seguinte, levantava-se como um redemoinho, jogando as cobertas para cima sem perceber que me deixava descoberta. Em pé na sacada, respirava fundo. Tomava banho fazendo algazarra e aparecia na sala cantando. Sentava à mesa e enrolava as pernas nos pés da cadeira. Ainda não tinha visto a oficina de marcenaria, e um dia ele disse para eu ir até lá. Tinha uma vidraça desbotada com os vidros embaçados, e de dentro não se via o que estava fora nem de fora se via o que estava dentro. Quando falei que daria uma lavadinha nos vidros, disse não se meta com a oficina. Havia ferramentas muito bonitas e duas latas de cola, uma cola seca, que vertia lágrimas por fora da lata, e quando encostei a mão no toco de madeira que estava dentro da lata, disse, batendo na minha mão, epa, epa, não complica!

E como se eu e o aprendiz ainda não nos conhecêssemos, me apresentou, Colometa, minha senhora. O aprendiz, com sua cara de velhaco, me estendeu a mão como se me desse um galho morto. Andreuet,[4] a seu dispor.

E sempre a mesma coisa. Colometa, Colometa... E a mãe dele, nenhuma novidade? E no dia em que eu disse que prato cheio demais de comida me dava enjoo e se ela podia fazer o favor de esvaziá-lo um pouco, a mãe do Quimet falou, já estava na hora! Fez-me ir até o quarto dela. Nas quatro barras da cama, aquela cama preta com a colcha de

4 Andreuet é diminutivo de André em catalão. (N.T.)

rosas vermelhas, havia laços: um azul, um lilás, um amarelo e outro cor de cenoura. Fez-me deitar, tocou em mim, me auscultou como se fosse um médico, ainda não, disse ao voltar para a sala. E o Quimet, batendo a cinza do charuto no chão, disse que já imaginava.

VIII

E terminou a cadeira. Passara muitas noites preparando os desenhos e indo deitar quando eu já dormia. Acordava-me e dizia que o mais difícil era achar o equilíbrio. Discutia o assunto com o Cintet e com o Mateu nos domingos em que fazia mau tempo, que eles passavam em casa. Era muito estranha: meio cadeira, meio cadeira de balanço, meio poltrona, e ele demorou muito tempo para terminá-la. Maiorquina, disse que era. Toda de madeira. Só balançava um pouquinho. E disse que eu teria de fazer uma almofada da mesma cor que a franja do lustre. Duas: uma para sentar e outra para a cabeça. Naquela cadeira, só ele podia sentar.

— É cadeira de homem — disse.

E deixei que ficasse com ela. Acrescentou que tinha de encerá-la todo sábado, porque a madeira precisava perder todo o lustro e deixar brilhar os veios. Sentado na cadeira, cruzava uma perna sobre a outra. Quando fumava, ao soltar a fumaça fechava um pouco os olhos, de um jeito que parecia que todo ele se deliciava. Contei isso para a dona Enriqueta.

— Acho que não faz mal nenhum, não é? É melhor que ele se distraia sentado do que dando uma de louco em cima da moto.

E me disse que tomasse muito cuidado com a mãe do Quimet e que, principalmente, não deixasse que adivinhasse nunca o que eu estava pensando, porque, se era daquelas que só querem saber de pegar no pé, era melhor que não conhecesse meus pontos fracos. Contei que da mãe do Quimet, pobre senhora, eu gostava um pouco, por causa daquela sua mania tão bonita de fazer laços. Mas dona Enriqueta disse que aquilo dos laços era uma coisa estudada para enganar os outros e dar a impressão de que era muito inocente. Mas que, de qualquer modo, eu tinha de demonstrar que gostava dela, porque o Quimet ficaria contente comigo se visse que a mãe dele gostava de mim.

Nos domingos em que a gente não saía por causa da chuva e o Mateu e o Cintet não apareciam, passávamos a tarde na cama, com aquelas colunas feitas de uma bola por cima da outra e a madeira cor de mel. Enquanto a gente almoçava, ele anunciava:

— Hoje vamos fazer um menino.

E me fazia ver estrelas. Dona Enriqueta já havia algum tempo me dava a entender que gostaria muito que eu lhe contasse sobre a noite de núpcias. Mas eu não me atrevia, porque a gente nem teve uma noite de núpcias. Teve uma semana. Até aquele momento, quando ele começou a tirar a roupa, pode-se dizer que eu nunca tinha reparado direito nele. Eu estava sentada em um canto, sem ousar me mexer, e por último ele disse, se você tem vergonha de tirar a roupa na minha frente, eu posso sair, se não tem, começo eu a tirar a roupa para você ver que não é nada do outro mundo. Tinha os cabelos como um bosque, plantados sobre sua cabeça redondinha. Brilhantes como verniz. Penteava-os com o pente e, a cada passada do pente, alisava-os com a outra mão. Quando não tinha pente, penteava-os com os dedos da mão bem abertos, depressa, depressa, como se uma mão perseguisse a outra. Quando não os penteava, caía-lhe um tufo na testa, que era ampla e um pouco baixa. As sobrancelhas eram grossas, pretas como o cabelo, sobre seus olhos pequenos e brilhantes de camundongo. A parte em volta dos olhos sempre úmida, como se tivesse sido um pouco untada, o deixava muito bonito. O nariz não era nem muito largo nem muito estreito, tampouco arrebitado, o que não teria me agradado nada. As bochechas eram cheias, rosadas no verão, vermelhas no inverno, com as orelhas um pouco descoladas na parte de cima. E seus lábios estavam sempre corados e eram grandinhos; o de baixo saltado para fora. Quando falava ou ria, viam-se seus dentes, bem-arrumados e encaixados na gengiva. Tinha o pescoço sem nervos. E no nariz, que, como eu disse, não era nem muito largo nem muito estreito, tinha em cada narina uma redinha de pelos para suportar o frio e a poeira. Só que, na parte de trás das pernas, mais finas do que grossas, as veias ficavam saltadas como cobras. O corpo todo era comprido e redondo onde cabia ser redondo. O peito alto, as ancas estreitas. O pé comprido e magro, com a sola um pouco achatada, e quando andava descalço batia o calcanhar. Era bastante bem-feito, e disse isso a ele, que virou lentamente e perguntou, você acha?

Eu, no meu canto, sentia um medo enorme. E quando ele já tinha se enfiado na cama para me dar o exemplo, como disse, comecei a tirar minha roupa. Sempre tivera medo dessa hora. As pessoas diziam que se chega por um caminho de flores e se sai por um caminho de lágrimas. E que você é enganada, mas com alegria... Porque de pequena ouvira dizer que eles rasgam a gente. E sempre tivera muito medo de morrer rasgada. As mulheres, diziam, morrem rasgadas... A coisa começa já quando se casam. E se não foram bem rasgadas, a parteira acaba de rasgá-las com uma faca ou um caco de vidro de garrafa, e ficam assim para sempre, ou abertas, ou costuradas, e por isso as casadas se cansam mais depressa quando têm de ficar um tempo em pé. E os homens que sabem disso, se o bonde vai lotado demais e tem algumas mulheres em pé, eles se levantam e dão o lugar, e os que não sabem continuam sentados. E quando desatei a chorar o Quimet ergueu a cabeça por cima da dobra do lençol e me perguntou o que é que eu tinha, e eu confessei a verdade: medo de morrer rasgada. E ele riu e disse que sim, que tinha havido um caso assim, o caso da rainha Bustamante, que o marido dela, para não se dar ao trabalho, deixou que fosse rasgada por um cavalo, e o resultado foi que ela morreu. E começou a rir e rir, sem parar. Por causa disso eu não podia explicar à dona Enriqueta como tinha sido a noite de núpcias, porque no dia do casamento, quando chegamos ao apartamento, o Quimet me fez sair atrás de mantimentos, trancou a porta e fez a noite de núpcias durar uma semana. Mas o que eu contei para a dona Enriqueta foi o caso da rainha Bustamante, e ela disse que sim, que era horroroso, mas que ainda mais horroroso era o que lhe aprontara seu marido, que já fazia anos que a chuva o regava e que as malvas floresciam por cima dele, que costumava amarrá-la na cama, crucificada, porque ela sempre queria escapar. E quando ela começava a teimar em querer saber da minha noite de núpcias, eu procurava distraí-la, e uma boa distração foi a cadeira de balanço. E a história da chave perdida.

IX

Uma noite fomos dar umas voltas pelas ruas com o Cintet, depois de sair do Monumental, até as duas da manhã. E quando chegamos em frente de casa e o Cintet já estava indo embora, não conseguimos entrar. A chave da porta da rua, desaparecida. O Quimet falou que tinha me dado a chave para eu guardar na bolsa. O Cintet, que jantara em casa, disse que achava que tinha visto o Quimet pegando a chave dependurada atrás da porta do apartamento, que era onde ficava sempre, e que a tinha enfiado no bolso. O Quimet olhou todos os bolsos para ver se não tinha algum furado. Eu disse que ele talvez só tivesse imaginado que tinha pegado a chave. O Quimet falou que talvez tivesse dito ao Cintet para pegar a chave de baixo e que o Cintet, sem perceber, devia ter pegado e não se lembrava mais, e era ele que tinha perdido a chave. Depois disseram que quem tinha pegado a chave era eu, mas não sabiam dizer quando nem se tinham me visto pegá-la. O Cintet disse, por que vocês não chamam o vizinho do primeiro andar? O Quimet não quis, e com razão. Era melhor não mexer com os vizinhos do primeiro andar. Por último, o Quimet disse, ainda bem que a gente tem a marcenaria, vamos lá pegar umas ferramentas.

Os dois foram buscar as ferramentas para abrir a porta. Fiquei na entrada para ver se aparecia o guarda-noturno, que eu tinha chamado batendo palmas na primeira esquina, mas ele não apareceu e não se via sombra dele em nenhum lugar. Cansada de ficar em pé, sentei no chão, no degrau da entrada; com a cabeça encostada na porta, olhei o pedaço de céu por entre as casas. Ventava um pouco, só um pouquinho, e o céu estava bem escuro, e com nuvens que corriam. Tinha de me esforçar muito para não fechar os olhos. O sono me vencia. E a noite, a brisa e aquelas nuvens que passavam todas empertigadas na mesma direção me davam sono, e imaginei o que pensariam o Quimet e o Cintet se ao voltarem me achassem feito uma bola de sono ao pé da porta, e tão adormecida que não conseguisse nem subir... De um trecho lá longe já ouvia os passos que se aproximavam subindo pela calçada.

O Quimet, com uma furadeira, abriu um buraco na porta, acima da fechadura. O Cintet não parava de dizer que aquilo não era permitido, e o Quimet respondia que depois ele iria tapar o buraco, mas que ele precisava entrar na casa dele. E quando terminou de abrir o buraco, com a madeira da porta trespassada de lado a lado, fez um gancho com um arame, pescou a corda – a porta abria de cima, puxando uma corda – e conseguiu abrir bem na hora em que o guarda-noturno virava a esquina. E a gente se enfiou depressa para dentro, e o Cintet fugiu. Quando entramos no apartamento, a primeira coisa que vimos foi a chave dependurada atrás da porta. No dia seguinte, o Quimet tapou o buraco com uma rolha de cortiça e, se alguém notou, não comentou nada. Então vocês não tinham perdido a chave, dizia a dona Enriqueta. E eu dizia para ela, durante o tempo em que a gente achava que tinha perdido, era como se a gente tivesse mesmo perdido.

E chegou o dia da quermesse. O Quimet prometera que a gente dançaria na praça do Diamante e dançaria a dança da prenda... Passamos a quermesse trancados em casa e o Quimet bravo porque tinha feito uma restauração que lhe dera trabalho demais, e o senhor que a encomendara se revelou judeu e pechinchou demais, e o Quimet, para se livrar dele, acabara abaixando o preço e perdendo dinheiro. E seu mau humor caía em cima de mim. E quando ficava de mau humor vinha com aquela coisa de Colometa, presta atenção, Colometa, você fez besteira, Colometa, vem cá, Colometa, vai lá. Tão cabeça fresca, você é tão cabeça fresca... E andava de um lado para o outro como se estivesse enjaulado. E tome abrir todas as gavetas e jogar tudo o que havia dentro no chão, e quando eu perguntava o que ele estava procurando não dizia nada. Estava bravo porque eu não estava zangada com o senhor que tinha pechinchado. E como eu não queria ficar com raiva, deixei-o sozinho. Penteei o cabelo e quando abri a porta para sair e disse que estava indo comprar refrescos porque com o pandemônio que ele havia armado eu acabara ficando com sede, parou de bancar o doido. A rua toda brilhava de alegria, e passavam moças bonitas com vestidos bonitos, e de uma sacada atiraram uma chuva de confetes de todas as cores, e enfiei alguns bem dentro do cabelo de propósito, para que ficassem ali. Voltei com dois refrescos; o Quimet estava sentado na cadeira dele, meio dormindo. As ruas reluzindo de alegria e eu ali, catando roupa do chão, e dobra que dobra, e volta a guardar. E mais tarde, de moto, fomos até a casa da mãe dele, para cumprimentá-la.

— Vocês estão bem?

— Sim, senhora.

Quando a gente estava saindo, enquanto tentava fazer a moto pegar com o pé, o Quimet perguntou, do que é que vocês falavam quando estavam cochichando?

Disse que havia contado para a mãe dele que eu tinha muito trabalho, e ele disse que eu tinha feito mal, porque a mãe dele gastava dinheiro à toa e já fazia tempo que queria que ele comprasse um espanador e um tecido novo para o colchão, cinza e branco. E um dia a mãe do Quimet me contou que ele era um teimoso e que de pequeno a deixava louca. Que quando ela o mandava fazer uma coisa e ele não queria fazer, ele se sentava no chão e só levantava quando ela o cobria de murros na cabeça.

E foi em uma manhã de domingo que o Quimet começou a se queixar da perna. Dizia que a perna doía enquanto ele dormia, como se tivesse um fogo dentro do osso e, às vezes, entre o osso e a carne. Que o fogo não ficava ao mesmo tempo dentro do osso e entre o osso e a carne, que quando sentia o fogo dentro do osso, não sentia entre o osso e a carne. Mas, assim que pôs os pés no chão, parou de repente.

— E que osso?

— Osso? Os ossos! Um pouco no osso da perna e um pouco no osso da coxa, mas no joelho não sinto nada. Disse que talvez fosse reumatismo. A dona Enriqueta disse que não acreditava nele, que ele só fazia isso para que eu lhe ficasse dando atenção. O inverno inteiro ele se queixou da perna. E de manhã me explicava muito bem explicado, desde o segundo em que abria os olhos e enquanto tomava o café, tudo o que a perna havia feito durante a noite. A mãe dele falou, a Colometa deveria colocar panos quentes na sua perna. E ele disse que não queria que o atormentassem, que já tinha sofrimento suficiente com a sua dor. Assim que entrava em casa, tanto ao meio-dia como à noite, eu perguntava como ia a perna, e ele dizia que durante o dia não doía nada.

Deitava-se na cama. Ele desabava como um saco, e eu, sempre com o coração apertado, pensando que ia arrebentar as molas. Queria que tirasse os sapatos dele e colocasse os chinelos, de xadrezinho, de duas cores, café com leite. Depois de repousar um pouco, vinha jantar. Antes de dormir, queria que lhe fizesse massagens de álcool pelo corpo todo, para aliviar a dor, dizia. No corpo todo porque dizia que a dor era esperta e iria subir ou descer se eu deixasse alguns trechos sossegados.

Eu explicava para as pessoas que ele só sentia dor de noite, e todo mundo dizia que isso era muito estranho. A mulher da mercearia embaixo de casa também achava estranho. Quer dizer que a dor na perna ainda não o deixa dormir? E a perna do seu marido? Bem, obrigada. Só dói à noite. Ele ainda sente dor na perna?, perguntava a mãe dele.

Um dia, na Rambla de les Flors, diante de uma tempestade de cheiros e cores, ouvi uma voz atrás de mim...

— Natàlia...

Pensei que não era comigo, de tão acostumada a ouvir apenas Colometa, Colometa. Era o meu primeiro noivo, o Pere. O noivo que eu havia deixado. Não me atrevi a perguntar se ele tinha se casado ou se estava namorando. A gente se cumprimentou com um aperto de mãos e o lábio inferior dele tremia um pouquinho. Contou-me que ficara sozinho no mundo. Até aquela hora não tinha percebido que usava uma tirinha preta no braço. E me olhou como alguém que estivesse afundando entre as pessoas, entre as flores, entre tantas lojas. Disse que um dia encontrou a Julieta e que a Julieta lhe contou que eu tinha me casado e que assim que lhe contou pensou em mim e me desejou muita sorte. Abaixei a cabeça porque não sabia o que fazer nem o que dizer, e pensei que precisava recolher a pena que sentia dele, fazer um montinho, torná-la pequena depressa, para que não ficasse à minha volta, nem um minuto a mais espalhada pelas veias e em volta de mim. Fazer um montinho, uma bala, uma bolinha de chumbinho. Engoli-la. E, como ele era bem mais alto do que eu, enquanto estava com a cabeça um pouco abaixada sentia pesar toda a dor que Pere trazia dentro dele em cima dos meus cabelos, e tinha a impressão de que ele me via inteira por dentro, com todas as minhas coisas e a minha pena. E por sorte as flores estavam ali.

Ao meio-dia, assim que o Quimet entrou, a primeira coisa que eu contei a ele foi que tinha encontrado o Pere.

— Pere?... — E fez uma coisa com a boca. — Não sei quem é.

— Aquele rapaz que eu deixei para me casar com você.

— Você não falou com ele, falou?

Contei que a gente tinha se perguntado como cada um estava e ele disse que eu devia ter feito de conta que não o conhecia. E eu disse que o Pere praticamente nem me reconhecera direito, como ele me falou, que antes de me chamar ficara olhando, olhando, porque eu estava muito magra.

— Ele que cuide da vida dele.

E não contei que ao descer do bonde tinha ido olhar as bonecas na vitrina do bazar e que, por isso, o almoço estava atrasado.

X

A mãe do Quimet me fez o sinal da cruz na testa e não quis que enxugasse a louça para ela. Eu estava grávida. Depois de lavar a louça, trancou a cozinha e sentamos na sacada coberta de parreira de um lado e de chocalheiras do outro, e o Quimet disse que estava com sono e nos deixou sozinhas; foi quando a mãe do Quimet me contou o que tinham aprontado com ela, o Quimet e o Cintet, quando eram pequenos, uma quinta-feira à tarde, que o Cintet sempre passava na casa deles. Contou que havia plantado jacintos, três dúzias de jacintos, e que toda manhã assim que se levantava ia ver como estavam crescendo. Disse que os bulbos dos jacintos crescem muito devagar para se fazer de difíceis e que por último o caule estava coberto de brotinhos enfileirados. Que pelos brotinhos já dava para adivinhar de que cor seriam as flores. Mais que qualquer outra cor, havia cor-de-rosa. E uma quinta-feira à tarde os dois meninos brincavam no jardim, e quando ela veio trazer o lanche viu na hora todos os jacintos plantados de cabeça para baixo; os bulbos com os poucos cabelinhos da raiz, acima da terra; e brotinhos, folhas e caule, enterrados. Contou que só disse uma palavra, pois ela nunca foi pessoa de dizer palavrões. E não quis me contar que palavra era. E falou que os meninos nos fazem sofrer muito. Se você tiver menino, prepare-se.

Meu pai, quando soube que eu estava grávida, Quimet tinha ido contar-lhe, veio me visitar e disse que, tanto se fosse menino como se fosse menina, o sobrenome dele havia acabado. A dona Enriqueta sempre me perguntava se eu tinha algum desejo.

— Se tiver algum desejo, não encoste a mão em lugar nenhum, e se puser a mão em algum lugar, coloque na bunda.

Contava-me coisas de desejos muito estranhas: de passas, de cerejas, de fígado... O pior desejo de todos era o de cabeça de cabritinho. E esse desejo de cabeça de cabritinho que certa mulher tivera, dona Enriqueta disse que chegou a vê-lo mais tarde na bochecha do filho dessa mulher, com a sombra do olho e a sombra da orelha, em tamanho pequeno. E depois falou que a pessoa se formava dentro da água, primeiro de tudo o coração, aos poucos os nervos e as veias e depois os ossos. E dizia que temos os ossos da espinha assim, osso e cartilagem, osso e cartilagem, porque senão a gente não caberia dentro da barriga, que era assim para a gente poder ficar enrolado. Que se a barriga fosse maior a gente poderia ficar em pé e teria então na espinha um osso parecido com um cabo de vassoura. E ninguém conseguiria fazer a gente se dobrar, nem de pequeno.

No verão, a parteira disse que era bom eu andar ao ar livre e tomar muito banho de mar. Um pulinho de moto e estávamos na praia. A gente levava tudo preparado: comida e roupa. Uma toalha de listras amarelas, azuis e pretas servia de cortina. E o Quimet a estendia em toda a extensão, com os braços para cima, para eu tirar a roupa atrás dela. Ele ria de mim, porque parece que eu estava engraçada mesmo, com uma barriga que não parecia minha. E olhava as ondas que iam e vinham, sempre iguais, sempre iguais... todas com vontade de chegar e vontade de voltar. Sentada de frente para o mar, às vezes cinza, às vezes verde, mais que tudo azul, aquela extensão de água que se mexia e vivia, de água que conversava, levava meu pensamento embora e me deixava vazia. E o Quimet, quando me via muito tempo calada, perguntava, e aí, como vai a vida?

A hora da onça beber água era quando a gente voltava fazendo zigue-zague pela estrada, pois nessa hora, coitada de mim, a alma que me tremia dentro do coração subia inteira até a boca. E o Quimet dizia que o bebê, de tão familiarizado que estava com a moto enquanto ia se formando, ganharia corridas quando fosse grande, ele não sabe que está andando de moto, mas ouve e vai lembrar. E uma vez a gente encontrou não me lembro quem, e eu queria me enfiar embaixo da terra de vergonha, porque ele disse: ela já está cheinha.

A mãe dele me deu umas roupinhas de presente, de quando o Quimet era pequeno, e a dona Enriqueta me deu faixas para o umbigo, que era uma coisa que eu não conseguia entender. Na gola das roupinhas havia umas fitinhas passadas por um aplique para amarrar. Pareciam feitas para ser usadas por uma boneca. Meu pai disse que, embora seu sobrenome estivesse perdido, se fosse menino ele queria que se chamasse Lluís, e se fosse menina, Margarida, como a bisavó materna. O Quimet disse que, padrinho ou não padrinho, seria ele quem escolheria o nome de seu filho ou sua filha. À noite, quando vinha dormir, porque sempre fazia os desenhos em cima da mesa e demorava, se eu estivesse dormindo acendia a luz e fazia de tudo para me acordar.

— E aí, está sentindo o nenê?

E quando vinham o Cintet e o Mateu, dizia a eles, vai ser um menino enorme!

Eu sei lá o que eu parecia, redonda como uma bola, com os pés embaixo e a cabeça em cima de tudo. Num domingo, a mãe do Quimet me mostrou uma coisa muito esquisita, como se fosse uma raiz bem seca toda amontoada, e disse que era uma rosa-de-jericó que tinha guardada desde que tivera o Quimet; quando chegasse a hora, iria colocá-la na água e enquanto a rosa-de-jericó fosse abrindo dentro d'água, eu também me abriria.

E peguei mania de limpeza. Sempre fora muito limpa, mas peguei a mania de limpar. Passava o dia inteiro esfregando e tirando o pó, e quando acabava de tirar o pó voltava a tirá-lo de novo. Passava horas e horas esfregando uma torneira e, se ao terminar via alguma sombra, recomeçava e ficava encantada com o brilho. Quimet queria que uma vez por semana eu passasse a ferro a calça dele. Nunca tinha passado a ferro e da primeira vez não sabia nem em que posição ficar. A calça ficou com um duplo vinco, atrás, da metade para cima, e olha que eu caprichei muito. Dormia mal e tudo me incomodava. Quando acordava, olhava para as minhas mãos bem abertas diante dos olhos e as mexia um pouco, para ver se eram minhas e se eu era eu mesma. Quando me levantava, sentia os ossos doloridos. E o Quimet passou a se queixar furiosamente da perna. A dona Enriqueta disse que o problema do Quimet se chamava tuberculose dos ossos e que ele precisava tomar enxofre. E quando contei isso para o Quimet ele me disse que não queria explodir por culpa da dona Enriqueta. E quando lhe preparei uma colherada de mel misturada com flor de enxofre, disse que o mel seria ruim para os dentes dele e falava o dia inteiro do sonho dos dentes, que ele ia tocando um por um com a ponta da língua, e que cada dente que tocava com a ponta da língua se desprendia da gengiva e ficava solto pela boca, como uma pedrinha. E que tinha ficado com a boca cheia de pedrinhas e não tinha podido cuspi-las para fora porque estava com os lábios costurados. E que depois do sonho sempre tinha a impressão de que os dentes dançavam e que era um sonho que anunciava morte. E que os dentes lhe doíam. A mulher da mercearia embaixo de casa me falou que era bom eu mandar o Quimet bochechar com água de dormideira, porque a dormideira adormece a dor, mas a dona Enriqueta me disse que a dormideira talvez deixasse a dor adormecida, mas que a dor depois acordava de novo. O Quimet precisa é de um bom alicate de dentista e chega de sonhos.

E enquanto a gente estava nessa história toda de dentes e pedrinhas e o sonho de morte, um ataque de urticária me deixava louca. À noite a gente saía para passear até os Jardinets porque eu precisava fazer exercícios. Minhas mãos inchavam, meus tornozelos inchavam e só faltava que me amarrassem uma linha na perna e me soltassem como um balão. No terraço, cercada por vento e azul, estendendo a roupa ou sentada costurando ou indo de um lado para o outro, era como se tivessem me esvaziado de mim por causa de uma coisa muito estranha. Alguém bem escondido se entretinha em soprar pela minha boca e me fazer inchar. Sentada no terraço, sozinha com a tarde e cercada de sacadas, de vento e de azul, olhava meus pés e, enquanto olhava meus pés sem conseguir entender, soltei o primeiro gemido.

XI

O primeiro grito me ensurdeceu. Nunca imaginei que minha voz pudesse chegar tão longe e durar tanto. E que todo aquele sofrimento fosse sair de mim na forma de gritos pela boca e nenê por baixo. O Quimet ia para lá e para cá no corredor rezando o Pai-nosso, um atrás do outro. E quando a parteira apareceu para pegar água quente, falou meio amarelo meio verde, poderia muito bem ter me controlado...

A mãe dele, quando via que eu tinha um momento de descanso, aproximava-se, se você visse o Quimet, como está sofrendo... A parteira passou uma toalha por entre as barras da cama e me fez segurá-la pelas pontas para me ajudar a fazer toda a força possível. E quando tudo estava perto de terminar uma coluna da cama quebrou e ouvi uma voz dizendo, e de tão fora de mim que estava não pude saber de quem era a voz, ela esteve a ponto de estrangulá-lo.

Assim que pude respirar ouvi um choro e a parteira segurava pelos pés um bebê que parecia um bichinho, que já era meu, e batia nas costas dele com a mão aberta, e a rosa-de-jericó estava toda esparramada em cima do criado-mudo. Passei a mão, como se estivesse sonhando, por uma flor da colcha de crochê e puxei uma folha. E disseram que ainda não tinha terminado, que eu tinha de expulsar a casa do bebê. E não me deixaram dormir, embora meus olhos fechassem de sono... Não pude amamentar. Um peito continuava pequeno e chato como sempre e o outro cheio de leite. O Quimet disse que já imaginava que eu fosse aprontar alguma brincadeira desse tipo. O menino, pois é, era um menino, ao nascer pesava perto de quatro quilos; um mês depois, pesava dois e meio. Ele está desmanchando, dizia Quimet. Desmanchando como um torrão de açúcar dentro de um copo de água. Quando pesar meio quilo, vai morrer, agora que a gente já tinha conseguido...

A dona Enriqueta, da primeira vez que veio vê-lo já sabia da história pela mulher da mercearia de baixo. Diz que você esteve a ponto de estrangulá-lo? O Quimet estava muito preocupado e reclamava, mais trabalho para mim, tenho de fazer uma coluna nova, porque do jeito que quebrou não dá para colar. O bebê, de noite, chorava. Assim que escurecia, desatava a chorar. A mãe do Quimet dizia que ele chorava porque tinha medo de escuro, e o Quimet dizia que o bebê não sabia o que era noite nem o que era dia. Não adiantava chupeta nem mamadeira, que ele não chupava, nem passear com ele, nem cantar para ele, nem gritar com ele, a gente não conseguia fazer o bebê ficar quieto. O Quimet acabou perdendo a paciência e o sangue lhe subiu à cabeça. E dizia que aquilo não era vida e que não podia se estender mais de jeito nenhum, porque, se durasse mais um pouco, quem iria morrer era ele. Enfiou o bebê e o berço em um quartinho ao lado da sala e assim que a gente ia dormir, trancava a porta.

Os vizinhos de baixo deviam ouvi-lo chorar e começou a correr um comentário de que éramos maus pais. Eu lhe dava leite e ele não queria. Dava água e ele não queria. Dava suco de laranja e ele cuspia fora. Trocava a fralda dele, e choro. Dava banho, e choro. Era nervoso. Era nervoso. E ia ficando que nem um macaquinho, com as perninhas que nem dois tocos de madeira. Quando estava peladinho, chorava mais do que quando estava vestido e mexia os dedinhos dos pés como se fossem os das mãos, e eu tinha medo de que ele arrebentasse. Que abrisse pelo umbigo. Porque ainda não tinha caído, mas parece que já devia ter caído. No primeiro dia que o vi tal como o havia feito, quando a parteira me ensinou como eu tinha de pegá-lo para dar banho, me disse enquanto o colocava na bacia:

— Antes de nascer a gente é que nem pera: tem de ficar pendurado por essa corda.

E me ensinou a tirá-lo do berço segurando a cabeça dele, porque disse que, se não segurasse a cabeça, com os ossos tão moles, podia quebrar o pescoço. E sempre me dizia que o umbigo é a coisa mais importante da pessoa. Tão importante quanto a moleira em cima da cabeça quando ainda não acabou de fechar. E o menino cada dia mais enrugado. E quanto mais magro ficava, mais forte chorava. Parecia claro que aquele menino estava farto de viver. A Julieta veio me visitar e trouxe um lenço de seda para o pescoço, branco, com joaninhas espalhadas. E um saquinho de bombons. Disse que as pessoas só pensam no bebê e ninguém se lembra da mãe. E disse que aquele menino ia morrer, que a gente não se preocupasse mais, que um bebê, quando não queria mamar, era como se já estivesse morto... O peito que tinha leite rachou. O leite não queria mais sair. Eu sempre tinha ouvido dizer que o leite é muito senhor de si, mas nunca pensei que fosse tanto... Até que, bem aos poucos, o bebê começou a mamar na mamadeira, meu peito sarou e a mãe do Quimet veio buscar a rosa-de-jericó, que já tinha fechado de novo, e a levou embora embrulhada em papel de seda.

XII

Dona Enriqueta pegava o menino no colo, que se chamava Antoni, e gritava, a castanha!, a castanhinha! E o menino ria, e ela o punha perto para olhar as lagostas, e ele logo fazia cara de preocupado. E cuspia saliva, brrrrr... brrrrr... O Quimet reclamava de novo da perna, que doía mais do que nunca, porque, além da queimação, tanto dentro do osso como em volta, dava umas pontadas do outro lado, perto da cintura. Afetou o nervo, dizia. Um dia a dona Enriqueta me disse que o achara muito bem de saúde e muito sadio, e eu lhe disse que ele passava as noites em claro, agoniado.

— Você ainda acredita nisso? Mas se ele tem uma rosa em cada bochecha e os olhos dele brilham como diamante...

A mãe do Quimet tomava conta do menino às segundas-feiras para que eu pudesse lavar a batelada de roupa. O Quimet falou que não gostava nada que a mãe dele tomasse conta do menino, porque a conhecia, e um dia, enquanto estivesse fazendo e desfazendo lacinhos, ia deixar o garoto em cima da mesa e ele ia rolar para o chão, como já tinha acontecido com ele antes de completar um ano. Muitas tardes eu ia olhar as bonecas com o menino no colo: estavam lá, com as bochechas redondas, os olhos de vidro afundados, mais para baixo o narigão e as bocas meio abertas, sempre rindo e encantadas da vida; e em cima de tudo a testa, os cabelos brilhantes por causa da cola seca com que estavam grudados. Umas ficavam dentro de caixas, sentadas, com os olhos fechados e os braços parados ao lado do corpo. Outras dentro de caixas firmadas em pé, com os olhos abertos, e tinha também as mais pobres, que tanto se estivessem sentadas como em pé ficavam sempre olhando. Vestidas de azul, de rosa, com rendinha frisada em volta da gola, com laços na cintura caída, com a roupa de baixo de talagarça para ficar armadas. Os sapatinhos de verniz brilhavam na claridade; as meias eram brancas, bem esticadinhas, os joelhos pintados com uma cor de pele mais forte que a da perna. Sempre ali, lindas dentro da vitrina, esperando que alguém as comprasse e as levasse embora. As bonecas sempre ali, com a cara de porcelana e o corpo de massa, ao lado dos espanadores, batedores de colchão, camurças de pele e camurças imitando pele: tudo no bazar.

Lembro-me do pombo e do funil, porque o Quimet comprou o funil um dia antes da chegada do pombo. Ele viu o pombo em uma manhã ao abrir os janelões da sala. Estava com uma asa machucada, meio moribundo, e tinha deixado gotinhas de sangue pelo chão. Era novinho. Tratei dele e o Quimet disse que a gente ficaria com o pombo, que ele ia fazer uma gaiola na sacada para a gente poder olhar para ele da sala: uma gaiola que ficaria que nem uma casa de rico, com sacada em toda a volta, telhado vermelho e porta com aldrava. E que aquele pombo seria a alegria do menino.

Durante alguns dias ele ficou amarrado por uma perna na grade de ferro da área de serviço. O Cintet apareceu e disse que a gente tinha de soltá-lo, que devia ser de algum vizinho perto, porque senão ele não teria conseguido voar até ali com uma asa cheia de sangue. Subimos até o terraço para olhar em volta, como se a gente nunca tivesse olhado, e não vimos nenhum pombal. O Cintet, com a boca torta, dizia que não estava entendendo. O Mateu dizia que valia mais a pena a gente matar o pombo, que seria melhor para ele do que viver amarrado e prisioneiro. Então o Quimet tirou-o da área e o pôs no quartinho do terraço, e disse que faria diferente, que em vez de fazer uma casa de rico construiria um pombal e que o pai de seu aprendiz, que criava pombos, iria nos vender um pombo como teste, para ver se acasalava com o nosso.

O aprendiz apareceu com uma cesta e um pombo dentro. Só quando veio o terceiro pombo é que se acasalaram. Ao pombo que a gente tinha encontrado demos o nome de Café, porque ele tinha uma manchinha dessa cor embaixo da asa; a esposa dele a gente chamou de Maringa. Café e Maringa, trancados no quartinho do terraço, não davam filhotes. Faziam ovos, mas não davam filhotes. Dona Enriqueta dizia que o macho era doente e que a gente tinha que jogá-lo fora. Sabe-se lá de onde veio, dizia. E dizia que talvez fosse um pombo-correio que tinha sido alimentado com coisas esquisitas que o deixavam aceso para que voasse bem alto. O Quimet, quando eu contava o que a dona Enriqueta me dizia, comentava que era melhor que ela cuidasse da vida dela e que ela já tinha trabalho suficiente torrando castanhas. A mãe do Quimet disse para a gente não fazer nenhum pombal, que a gente não tinha ideia do dinheiro que isso ia nos custar. Não sei quem foi que nos aconselhou a recolher algumas urtigas, que a gente deveria deixar secando em pacotes dependurados no teto e que depois deveria picar bem, misturar com pão molhado e dar aos pombos, que isso os deixaria muito fortes e eles fariam ovos com pombos dentro. Dona Enriqueta me explicou que conhecia uma senhora italiana, que se chamava Flora Caravella, uma mulher bem vivida, e que quando ficou velha e madura fez no terraço uma casa com algumas Floras Caravellas e pombos para se distrair. E dava urtigas para eles. E que sim, que a mãe do Quimet tinha razão de querer dar-lhes urtigas para comer, e quando eu lhe disse que aquilo das urtigas não tinha sido a mãe do Quimet quem falara, respondeu, dá no mesmo, seja quem for que falou, tem razão de fazê-los comer urtigas. E o pombo machucado e o funil foram duas coisas que entraram mais ou menos juntas em casa, porque no dia anterior ao pombo o Quimet comprara o funil para despejar o vinho do tonel na garrafa, todo branco, com a beirada azul-marinho, e disse que eu tomasse cuidado porque, se por uma infelicidade o deixasse cair no chão, ele iria descascar inteiro.

XIII

Fizemos o pombal. No dia em que o Quimet decidiu iniciar o trabalho, parecia que o mundo vinha abaixo de tanta chuva. Então ele instalou todas as madeiras na sala. Era na sala que cortava as tábuas e preparava tudo: a porta, pronta de cima a baixo, subiu da sala para o terraço com sacada e tudo. O Cintet vinha e ajudava, e no primeiro domingo de sol estávamos todos no terraço vendo o Mateu fazer uma janela no sótão, com um parapeito largo para que os pombos, antes de voar para o chão, pudessem ficar quietos e raciocinar para onde iriam. Ele esvaziou o sótão de todas as coisas que eu tinha guardadas lá: o cesto de roupa, as cadeiras, a caixa da roupa suja, o cestinho dos pregadores...

— Estamos expulsando a Colometa de casa.

Prometeram que, mais adiante, iriam construir um galpão para guardar minhas coisas, mas enquanto isso tive que descer tudo para o apartamento, e, se queria ir até o terraço me sentar um tempinho, tinha de levar a cadeira. Disseram que, antes de deixar os pombos saírem para o pombal, era preciso pintá-lo. Um queria que fosse de verde, o outro preferia azul, o outro, cor de chocolate. Pintamos o pombal de azul, e o pintor fui eu. Porque quando o pombal ficou pronto o Quimet sempre tinha trabalho aos domingos, e disse que se a gente demorasse muito para pintar o pombal a chuva estragaria a madeira. Com o Antoni dormindo ou chorando pelo chão, me meti a pintar. Três camadas. E no dia em que a tinta secou subimos todos ao terraço e deixamos os pombos saírem para passear pelo pombal. O primeiro a sair foi a pomba branca, com olhinhos vermelhos e patas vermelhas com unhas pretas. Depois saiu o pombo preto, de patas pretas e olhos cinza, com o cinza dos olhos rodeado por uma pequena linha amarela. Tanto um como o outro ficaram um bom tempo olhando para os lados antes de descer. Abaixaram e levantaram a cabeça não sei quantas vezes, parecia que iam descer, mas ainda ficaram um bom tempo pensando. Por último, com um bater de asas, alçaram voo; um foi parar no bebedouro, o outro, no comedouro. E a pomba, como uma senhora enlutada, sacudiu a cabeça e as penas do pescoço em uma espécie de arrepio e o pombo se aproximou, abriu o rabo e começou a rodar, e roda que roda. E arrulha que arrulha. E o Quimet foi o primeiro a falar, porque estávamos todos calados, e disse que os pombos estavam felizes.

Disse que quando soubessem entrar e sair pela janela, e só pela janela, ele abriria a porta, e assim eles poderiam sair pelos dois lados, mas que, se ele abrisse a porta antes que se acostumassem a sair pela janela, só sairiam pela porta. E então colocou chocadeiras novas, porque as que estavam lá até então eram as chocadeiras deixadas pelo pai do aprendiz. Quando tudo ficou pronto, o Quimet perguntou se tinha sobrado tinta azul e eu disse que sim, e ele me fez pintar a grade da área. Na semana seguinte, trouxe outro casal de pombos muito estranho, com uma espécie de capuz que os deixava sem pescoço, e disse que eram pombos-capuchinhos. E chamou-os de Monge e Freira. Não demoraram a brigar com os antigos, que não queriam gente nova e eram os donos do pombal, mas os monges, aos poucos, fingindo que nem estavam lá, contentando-se em passar um pouco de fome e levar um ou outro golpe de asa, vivendo pelos cantos, por fim conseguiram que os antigos se acostumassem e acabaram virando os donos. Faziam o que queriam, e se não podiam fazer, saíam perseguindo os outros com o capuz estendido. E quinze dias depois o Quimet apareceu com outro casal de pombos com rabo de pavão, muito vaidosos: o dia inteiro com o peito para fora e o rabo para cima, e daquela vez, quando os antigos puseram ovos, correu tudo bem.

XIV

O cheiro de carne, de flores e de verduras se misturava e, mesmo que não tivesse olhos, logo teria adivinhado que me aproximava da praça da feira. Saía da minha rua e atravessava o Carrer Gran, com bondes para cima e para baixo, amarelos, com sininho. Com o motorneiro e o cobrador de uniformes de risca de giz, que de longe acabavam parecendo cinza. O sol batia inteiro do lado do Passeig de Gràcia e plaf!, por entre as fileiras de casas caía sobre a calçada, sobre as pessoas, sobre a cerâmica das sacadas. Os varredores varriam com as grandes vassouras de galhos de urze, como se fossem feitas de matéria encantada: varriam as sarjetas. E eu ia me impregnando do cheiro da praça da feira e dos gritos da praça da feira, para terminar no meio do empurra-empurra, em um rio espesso de mulheres e sacolas. A minha vendedora de mariscos, com mangas azuis e avental, enchia medidas e medidas de moluscos e mariscos, já lavados em água doce, mas que ainda traziam o cheiro de mar aprisionado e o espalhavam. Das bancas das vendedoras de miúdos saía um cheiro de coisa morta. Os restos dos animais eram vendidos em cima de folhas de couve; os pés de cabritinha, as cabeças de cabritinho com o olho de vidro, os corações partidos, com um canal vazio no meio, entupido por um grumo de sangue: um coágulo de sangue preto... Dos ganchos pendiam os fígados molhados de sangue por dentro e as tripas úmidas e a cabeça fervida, e todas as vendedoras de miúdos tinham o rosto branco de cera, de tanto ficar perto daquelas comidas sem gosto, de tanto soprar as entranhas cor-de-rosa, viradas de costas para as pessoas, como se fosse um pecado... A minha vendedora de peixe, com dentes de ouro e rindo, pesava os pedaços, e em cada escama refletia, tão pequena que quase não se via, a lâmpada que pendia em cima da banca de peixes. As pescadas, os cações, os robalos e as escorpenas de cabeça grande, que pareciam recém-pintadas, com as espinhas na linha das costas como espinhos de uma grande flor... tudo isso saía daquelas ondas, que me deixavam vazia quando eu me sentava para olhá-las, rabeando e com os olhos saltados. As escarolas ficavam reservadas para mim pela minha verdureira, velha, magra e sempre de preto, com seus dois filhos que cuidavam da horta...

E tudo seguia assim, com pequenas preocupações, até que veio a república, e o Quimet ficou todo entusiasmado e andava pelas ruas gritando e agitando uma bandeira que nunca consegui descobrir de onde surgira. Ainda recordo aquele ar fresco, um ar, sempre me lembro, que nunca mais consegui sentir. Nunca mais. Misturado com cheiro de folha tenra e com cheiro de flor em botão, um ar que fugiu, e todos os que vieram depois nunca mais foram como aquele ar, daquele dia que produziu um corte na minha vida, porque foi em abril e com as flores ainda fechadas que as minhas pequenas preocupações começaram a virar grandes preocupações.

— Tiveram de arrumar as malas... e, com as malas, fora!... — dizia o Cintet, e dizia que o rei dormia cada noite com três artistas diferentes e que a rainha, para sair à rua, usava uma máscara. E o Quimet dizia que ainda não se sabia de tudo...

O Cintet e o Mateu vinham com frequência, e o Mateu estava cada dia mais apaixonado pela Griselda e dizia, quando estou com a Griselda sinto uma coisa no coração... E o Quimet e o Cintet diziam que achavam que ele estava ruim da cabeça, porque o amor o enfraquecia e ele sempre falando da sua Griselda, e era verdade que não sabia falar de outra coisa e ia virando um bobalhão, e olha que eu gostava muito dele. E dizia que no primeiro dia de casado quem não se aguentava de emoção era ele, porque dizia que os homens são mais sensíveis do que as mulheres e que por pouco não desmaiou quando ficaram a sós. E o Quimet, balançando-se um pouco na sua cadeira, ria meio de lado, e junto com o Cintet aconselhavam o Mateu a fazer um pouco de esporte, porque com o corpo cansado a cabeça dele não iria trabalhar tanto, porque, se ele passava os dias pensando só na mesma coisa, acabaria dentro de uma camisa com umas mangas muito compridas, amarradas nas costas por um nó de marinheiro. E falavam do esporte que lhe seria mais conveniente, e ele dizia que trabalhar de mestre de obras e correr de um lado para o outro supervisionando o trabalho já era exercício suficiente, que se além disso o fizessem cansar jogando futebol, por exemplo, ou indo nadar nos estaleiros, acabaria sem poder contentar a sua Griselda, e ela acabaria com outro que lhe desse mais atenção. Discutiam muito sobre isso, mas quando Mateu vinha com a Griselda eles ficavam inibidos e não podiam dar-lhe conselhos. Até que terminavam falando da república, dos pombos e dos filhotes. Porque o Quimet, assim que via que a conversa emperrava, levava todos para o terraço e ficava falando da vida dos pombos e mostrava os que formavam casais; dizia que havia alguns que roubavam a mulher dos outros e outros que tinham sempre a mesma esposa e que se os filhotes se saíam bem era porque ele lhes dava água com enxofre. E passavam horas falando que o Patchuli preparava a chocadeira para a Tigrada, que o primeiro pombo, o da sacada e do sangue, com os olhinhos vermelhos e as unhas pretas, o Café, tinha tido os primeiros filhotes todos cobertos de pintinhas escuras e com as patas cinza. O Quimet dizia que os pombos eram como as pessoas, com a diferença de que botavam ovos e podiam voar e andavam vestidos de penas, mas que na hora de fazer filhotes e cuidar de alimentá-los eram iguais a nós. Mateu dizia que não se interessava muito por animais e que nunca seria capaz de comer pombinhos criados na sua casa porque tinha a impressão de que matar um pombinho nascido em casa era como matar alguém da família. E o Quimet, com o dedo, cutucava-o na altura da cintura e dizia, mas se você estivesse com muita fome...

E se os pombos saíram do pombal e se a gente os deixou voar foi por culpa do Cintet, porque ele disse que os pombos tinham de voar, que não tinham sido feitos para viver engaiolados, e sim para viver no meio do azul. E ele então escancarou a porta, e o Quimet, com as mãos na cabeça, parecia petrificado, não os veremos nunca mais...

E os pombos, muito desconfiados, foram saindo do pombal, uns atrás dos outros, com muito medo de parar em alguma armadilha. Tinha pombo que, antes de voar, subia na grade e ficava olhando. Acontece que não estavam habituados à liberdade e demoravam a tomar gosto pelo ar. E só saíram uns três ou quatro voando. E então os outros se juntaram a eles, até completar nove, porque os outros estavam chocando. E o Quimet, quando viu que os pombos voavam sobre o terraço e só ali, perdeu a palidez do rosto e disse que estava indo tudo bem. Os pombos, quando se fartaram de voar, foram descendo, agora um, agora outro, e se enfiaram no pombal como velhinhas na missa, a passos pequenos e com a cabeça para a frente e para trás, como maquininhas bem ajustadas. E desde aquele dia não pude mais estender a roupa no terraço porque os pombos a deixavam toda suja. Tinha de estendê-la na sacada. E olhe lá.

XV

O Quimet disse que o menino precisava de ar e de estrada: chega de terraço e chega de sacada e chega de jardinzinho da vovó. Fez uma espécie de berço de madeira e o prendeu na moto. Pegava o menino como se fosse um pacote, pois ele não tinha mais que alguns meses, amarrava-o no berço e levava a mamadeira. Quando via os dois indo embora, sempre pensava que não iria mais vê-los. Dona Enriqueta dizia que o Quimet era pouco afetuoso, mas que estava maluco pelo bebê. Que fazia coisas que ela nunca tinha visto. E eu, assim que saíam, ia abrir a janela que dava para a rua a fim de ouvir depois o bip-bip da moto quando voltassem. O Quimet tirava o menino do berço, quase sempre dormindo, subia os degraus da escada de quatro em quatro e me entregava, toma, está cheio de saúde e de vento. Vai dormir oito dias seguidos sem parar.

E depois de um ano e meio, exatamente um ano e meio depois de ter o menino, a surpresa! De novo. Tive uma gravidez muito ruim, sempre abatida como um cão. O Quimet às vezes passava um dedo embaixo dos meus olhos e dizia violetas... violetas... vai ser menina. E me doía aquele sofrimento de vê-los sair de moto, e a dona Enriqueta dizia que eu precisava me controlar, porque, se sofresse demais, o bebê que estava se formando iria ficar sentado e teriam de tirá-lo a fórceps. E o Quimet a toda hora dizendo que vamos ver se eu ia quebrar de novo a coluna da cama, que se por acaso eu voltasse a quebrá-la ele ia ter de colocar outra com um eixo de ferro reforçado por dentro. E dizia que ninguém sabia o quanto ele já tinha dançado e o quanto teria de dançar ainda por causa daquele baile na praça do Diamante. Violetas... entre violeta e violeta, o narizinho da Colometa. Violetas... violetas...

Foi uma menina, e a chamamos de Rita. Por pouco não morri, porque o sangue fugia de dentro de mim como um rio e não conseguiam fazê-lo parar. O Antoni ficou enciumado por causa da menina e eu tinha de vigiá-lo de perto. Num dia encontrei-o trepado em um banquinho, ao lado do berço: enfiava um pião no pescoço da menina e quando cheguei ela já estava meio morta, com sua cabecinha de coco, como uma chinesinha... Bati no Antoni pela primeira vez e depois de três horas ele ainda chorava, e a menina também, os dois com o nariz escorrendo e naquela tristeza. E o Antoni, enquanto eu batia nele, pequenino como era, uma tampinha, acertava pontapés na minha perna com toda a raiva e caiu de bunda. Nunca ninguém me tinha olhado com tanta raiva como o menino enquanto eu batia nele. E quando vinham o Cintet e o Mateu com Griselda e a menina, se algum deles dizia que a Rita era muito bonita, o menino ia direto para o berço, trepava lá do jeito que dava e batia e puxava o cabelo dela. Era só isso o que faltava para a moça dos pombos, dizia a Griselda, com a menina no colo, tão bonita e que não sabia rir. A Griselda era difícil de explicar: era branca, com um punhadinho de pintas no alto das bochechas. E uns olhos tranquilos cor de menta. Cintura fina. Vestida toda de seda. No verão, com um vestido, cor de cereja. Uma boneca. Falava pouco. O Mateu olhava para ela e, enquanto olhava, se derretia... Faz tantos anos que a gente é casado... e não parece... E o Quimet dizia, violetas. Olhem só que violetas... Colometa, violeta. Porque, depois de ter a menina, como um pouco antes de tê-la, a parte de baixo dos meus olhos tinha ficado azul.

Para distrair o menino de seu ciúme da Rita, o Quimet comprou para ele um revólver quase inteiro niquelado, com gatilho, crec, crec, e um bastão de madeira. É para assustar a vovó, dizia para ele, quando a vovó vier, cacetada e tiros!, e acontece que o Quimet estava muito zangado com a mãe dele porque ela ensinava o menino a dizer que estava se sentindo enjoadinho e não queria andar de moto. E dizia que a mãe dele estava fazendo o menino virar menina, que já era uma mania antiga, e que vamos ver onde é que a gente vai parar. E o menino tinha aprendido a mancar, pois ouvia o Quimet se queixando da perna. Ele tinha ficado um tempo sem falar disso, mas quando tive a Rita a coisa voltou, hoje de noite minha perna estava fervendo, você não me ouviu gemer? E o menino imitando. E o menino sempre me dizia que a perna dele doía justo nos dias em que não tinha fome. Atirava o prato de sopa para o alto e, empertigado como um juiz, sentado no cadeirão, batia com o garfo se eu demorava para trazer as bolinhas de fígado, que era o que ele comia mais; quando não tinha fome, atirava-o longe. E quando recebia a visita da dona Enriqueta ou da mãe do Quimet, ficava plantado na frente delas com o revólver e as matava. E um dia em que a dona Enriqueta fingiu que tinha morrido, o menino ficou tão excitado que a matava sem parar, e tivemos de trancá-lo na área para poder conversar.

XVI

E então veio aquela coisa. O Quimet, às vezes, sentia uma espécie de mal-estar. E dizia, estou com mal-estar, e não se referia à perna, e sim ao mal-estar que sentia logo depois de comer; e mesmo tendo comido com muito apetite. E quando sentava à mesa, ia tudo bem, mas uns dez minutos depois de ter comido começava o mal-estar. Ele estava com pouco serviço na oficina, e eu achava que talvez dissesse que tinha mal-estar para não dizer que estava preocupado porque o trabalho andava escasso... Numa manhã, quando arrumava a cama, encontrei, do lado em que o Quimet dormia, uma tirinha como se fosse uma tripa com a beirada revirada. Embrulhei em um papel de carta branco e quando o Quimet chegou mostrei para ele, que disse que ia levar à farmácia para mostrar e que, se fosse intestino, ele estava perdido. De tarde não pude resistir e fui com o menino e a menina até a oficina. O Quimet ficou zangado e perguntou o que é que a gente estava fazendo lá, e eu disse que a gente estava passando, mas ele entendeu e mandou o aprendiz buscar chocolate para as crianças. Assim que o aprendiz fechou a vidraça, disse: não quero que esse rapaz saiba, porque senão em cinco minutos até as pedras vão ficar sabendo. Perguntei o que é que lhe haviam dito na farmácia e ele falou que lhe haviam dito que estava com verme, uma solitária enorme, das maiores já vistas. E que lhe receitaram um remédio para matá-la. E falou, quando o rapaz voltar com o chocolate, vocês vão embora logo e à noite a gente conversa... O aprendiz voltou com o chocolate, o Quimet deu um pedaço para o menino, e para a menina só um pouquinho para ela lamber, e fomos para casa. Ele chegou à noite e disse, traz a janta logo, na farmácia me disseram que tinha de comer bastante para o verme não me comer. E depois de jantar sentiu um mal-estar insuportável e disse que no domingo tomaria o remédio e que o negócio era pôr o verme inteiro para fora, porque, se não saísse inteiro, da cabeça até o rabo, voltava a crescer e ficava dois palmos mais comprido. Perguntei se lhe haviam dito que tamanho tinha um verme desses e ele disse, existem de muitos tamanhos, conforme a idade e a natureza, mas em geral só o pescoço já tem uns dez palmos.

O Cintet e o Mateu vieram ver como se tomava o remédio e ele falou para eles irem embora, porque precisava ficar sozinho. Depois de umas duas horas, andava pelo corredor sem saber onde estava, de um lado para o outro, e disse, é pior do que se estivesse em um barco. E reclamava que se ele pusesse o remédio para fora, tudo perdido, e que o verme estava em guerra com ele para fazê-lo expulsar o remédio. Quando as crianças já dormiam que nem anjos e meus olhos já se fechavam e eu andava meio morta de sono pelos cantos, ele pôs o verme para fora. A gente nunca tinha visto nenhum: era cor de massa de sopa sem ovo, e a gente o guardou dentro de um pote de doce, de vidro, com um pouco de álcool. O Cintet e o Quimet puseram o verme de tal jeito para que na frente de tudo ficasse o pescoço, bem enrolado, que era fino como uma linha de alinhavar, com a cabeça em cima de tudo, pequena como um alfinete ou menor ainda. Deixamos o verme em cima de um armário e ficamos mais de uma semana falando dele. E o Quimet dizia que nós dois éramos iguais, porque eu havia feito as crianças e ele havia feito um verme com quinze metros de comprimento. Um dia a mulher da mercearia subiu para vê-lo e disse que o avô dela também tinha tido um verme e que, de noite, enquanto roncava, ficava engasgado e tossia porque o verme botava a cabeça para fora pela boca dele. Depois subimos até o terraço para mostrar os pombos, que ela adorou, e então foi embora contente. E quando abri a porta do apartamento já ouvi o berreiro da menina chorando e a encontrei desesperada no berço mexendo os bracinhos com fúria, toda coberta com o verme, e quando consegui tirar o verme de cima dela e saí para bater no menino, ele passou embaixo do meu nariz correndo e rindo e arrastando um pedaço de verme como se fosse uma serpentina.

Não dá para explicar o ataque de raiva que o Quimet teve. Queria bater no menino e eu disse para ele deixar estar, que a culpa era nossa de não ter guardado o vidro com o verme em um lugar mais alto. Que a gente já sabia que com o banquinho ele alcançava muitos lugares desde o dia em que ele tinha enfiado o pião no pescoço da Rita. E o Cintet disse para ele não ficar desconsolado, que logo, logo ele teria outro verme no pote de vidro, porque já deveria estar se formando outro dentro dele. Mas não.

XVII

E o trabalho ia mal. O Quimet dizia que o trabalho lhe tinha virado as costas, mas que no fim tudo ia dar certo, que as pessoas andavam alteradas e não pensavam em restaurar os móveis nem em encomendar novos. Que os ricos queriam mostrar que estavam zangados com a república. E as minhas crianças... Eu não sei, porque todo mundo diz que mãe sempre exagera, mas eram duas flores. Não que fossem ganhar nenhum primeiro prêmio, mas eram duas flores. Com uns olhinhos... com uns olhinhos que olhavam, e quando eles olhavam com aqueles olhinhos... Não sei como é que o Quimet tinha coragem de dar bronca no menino a toda hora. Eu às vezes dava uma bronca, mas só quando me aprontava alguma muito grande; senão, fazia vista grossa. A casa não era como antes; não era como quando me casei. Às vezes, para não dizer sempre, parecia um mercado de pulgas. E não estou falando de quando a gente fez o pombal, que foi uma loucura, tudo sujo de serragem, de aparas e pregos tortos... E o trabalho virava as costas e todos tínhamos muita fome e o Quimet, eu praticamente não o via, porque ele e o Cintet sei lá em que confusões andavam metidos. E eu não podia ficar de braços cruzados e, então, um dia decidi procurar algum trabalho para fazer só de manhã. Trancaria as crianças na sala, avisaria bem o menino, porque quando eu falava com ele como a um adulto ele me ouvia, e as manhãs passariam depressa.

Fui procurar apoio com a dona Enriqueta. Apareci sozinha e tremendo; não na casa da dona Enriqueta, mas na casa das pessoas que a dona Enriqueta tinha sugerido que eu fosse procurar, porque precisavam de uma mulher para trabalho doméstico na parte da manhã. Apertei a campainha. Esperei. Toquei de novo. Voltei a esperar. E quando já achava que estava apertando a campainha de uma casa deserta, ouvi uma voz, na hora em que passava um caminhão, e com o escândalo que ele fez não ouvi o que a voz dizia: esperei. A grade era alta, de ferro, com vidro opaco e, pelo vidro opaco, que tinha desenho de bolhas, vi um papel colado com tirinhas de fita adesiva, e o papel dizia: toque a campainha do portãozinho do jardim. Toquei a campainha de novo e voltei a ouvir a voz, que vinha de uma janela que ficava ao lado da grade: de uma janela que ia até o chão, bem embaixo de uma sacada com grade de barras de ferro, de cima a baixo. A janela que ia até o chão também era gradeada e, além disso, atrás dos ferros havia uma tela como de galinheiro, só que melhor do que a de galinheiro. A voz disse, dobre a esquina!

Na hora fiquei um tempo em pé pensando e depois olhei o papel no vidro com as letras deformadas pelas bolhas e, por último, comecei a entender um pouco e esgueirei a cabeça pela esquina, porque a casa era de esquina, e a uns cinquenta metros vi um portãozinho de jardim entreaberto e um senhor plantado ali, com jaleco; com o braço, ele dizia para eu ir até lá. E aquele senhor do jaleco era alto e tinha olhos bem pretos. Pareceu-me uma boa pessoa. Perguntou se era a senhora que procurava uma casa para trabalhar de manhã. Para entrar no jardim, tive de descer quatro degraus feitos de tijolo, já um pouco gastos nos cantos, cobertos por um espesso caramanchão de jasmim, daquele de estrelinha pequena, daquele que, assim que o sol se põe, nos sufoca de tanto aroma. Vi uma cascata à minha esquerda, junto à parede que era o limite do jardim e, no meio do jardim, um chafariz. Com o senhor do jaleco subi pelo jardim até a casa que, na parte de trás, tinha porão e térreo, enquanto na parte da frente era apenas subsolo e porão. Naquele jardim, comprido e estreito, havia duas árvores de tangerina, uma tamareira, um limoeiro, que tinha o tronco e a parte de baixo das folhas cheios de uma espécie de praga que formava uma pequena bolha de tecido de teia de aranha onde ficava o bicho; na frente desse limoeiro havia uma cerejeira e, ao lado da cascata, uma mimosa alta e de poucas folhas, também com a praga do limoeiro. Dessas coisas todas eu me dei conta mais tarde, é claro. Antes de entrar no porão passava-se por um pátio de cimento com uma cisterna no meio para recolher a água da chuva. O cimento tinha muitas rachaduras e nas rachaduras formavam-se montinhos de terra misturada com areia, e de lá saíam formigas como soldados. E quem fazia os montinhos de areia eram elas. Na parede do pátio, a que dava para os vizinhos, havia quatro floreiras com camélias, também com um pouquinho de praga, e do outro lado uma escada para subir até o térreo. Embaixo dessa escada, um tanque e um poço com carretilha. Atravessando o pátio, passava-se a uma galeria coberta, e o teto dessa galeria era a laje que correspondia ao porão pela parte de cima. A galeria de baixo se comunicava com duas passagens: por uma delas se entrava na sala, pela outra se entrava na cozinha. Não sei se estou explicando direito. E com o senhor do jaleco, que era o genro da casa e o dono, entramos na sala de jantar. Ele me fez sentar em uma cadeira encostada na parede, e acima da minha cabeça tinha uma janela que encostava no teto da sala, que fazia meia-volta, mas essa janela batia na altura da calçada da rua em que ficava a portinha do jardim por onde eu havia entrado. Assim que me sentei, entrou na sala uma senhora de cabelos brancos, que era a sogra do senhor do jaleco, e sentou à minha frente; mas entre nós ficava a mesa, com um jarro com flores que cobria um pouco minha visão da senhora de cabelos brancos. O senhor do jaleco ficou em pé, e de baixo de uma poltrona de vime com almofadas de cretone saiu um menino magro e amarelinho que foi ficar ao lado da senhora, que era a sua vovó, e nos olhava, primeiro um, depois o outro. Os acertos eu fiz com o senhor do jaleco. Ele me disse que eram quatro na família: o casal dos sogros e o casal dos jovens, que eram ele e sua senhora, filha dos sogros, isto é, ele e sua mulher moravam com os sogros, ou seja, os pais da minha senhora, disse ele. E o senhor do jaleco, enquanto conversava, ficava passando a mão no gogó e disse, tem algumas casas que só precisam de uma mulher para trabalhar um dia sim e quatro não. E que essas casas, para uma pessoa que quisesse contar com um salário seguro, eram casas ruins, porque a pessoa que trabalhasse nelas nunca sabia o dia de amanhã. Então o valor era de três pesetas a hora, mas como a casa deles era uma casa de trabalho seguro e para o ano todo e como eles eram bons pagadores e eu nunca ia ter de pedir duas vezes que me pagassem o que havia ganhado, e que se quisesse eles me pagariam por dia na hora em que terminasse o serviço, então eles iriam me pagar, em vez de três pesetas pelas quatro horas, duas pesetas e meia. Porque era como se, em vez de vender no varejo, porque eu lhes estava vendendo meu trabalho, eu vendesse no atacado, e que já se sabe que a venda no atacado sempre é feita com desconto. E acrescentou que todo mundo o conhecia como bom pagador, o melhor pagador entre os melhores, não como esses infelizes que quando terminam o mês já estão devendo o mês seguinte. Ele me deixou meio tonta e ficamos combinados em duas pesetas e meia, e então a senhora, que havia ficado o tempo inteiro calada, disse que, para começar, iria me mostrar a casa.

XVIII

A cozinha ficava do lado da sala de jantar e também dava para a galeria, e em cima dos fogões havia uma coifa de chaminé de cozinha antiga, e essa coifa de chaminé de cozinha antiga, embora ninguém a usasse porque cozinhavam com gás, estava cheia de fuligem, e quando estava querendo chover caíam grumos de fuligem em cima dos fogões. No fundo da sala de jantar havia uma porta envidraçada que dava para um corredor e nesse corredor havia um armário antigo muito alto e amplo, e quando a casa ficava quieta era uma grande serenata de cupins. Aquele armário era o comedouro dos cupins. Às vezes podia-se ouvi-los mesmo à primeira hora da manhã, e contei isso à senhora:

— Quanto mais depressa eles comerem o armário, melhor!

Então fomos pelo corredor do armário e entramos em uma sala ligada a uma alcova que eles haviam modernizado, tinham arrancado dela as vidraças de separação, e só sobrava o arco do batente. Nessa sala havia outro armário, de mogno preto, com o espelho todo oxidado. Bem embaixo da janela que encostava no teto, como a janela da sala, e por onde tinha saído a voz da senhora quando gritou que eu dobrasse a esquina, havia um toucador também com o espelho oxidado e, de um lado, um lavabo novo com torneira niquelada. Na alcova havia, dos dois lados, prateleiras até o teto cheias de livros e, no fundo, um armário, de madeira na parte de baixo e de vidro em cima, e um dos vidros estava todo rachado. A senhora disse que quem tinha quebrado o vidro fora a sua filha, a mãe do menino amarelinho que ficava nos seguindo a toda hora, e que ela o havia quebrado atirando com um revólver de brinquedo que ganhara dos Reis Magos; um revólver de brinquedo, com bala de borracha. Parece que a filha, que devia ser muito desajuizada, queria acertar a lâmpada que pendia de um fio elétrico em

cima da mesa, mas, por falta de pontaria, em vez de acertar a lâmpada, partiu o vidro do armário.

— Por aí você vê — disse a senhora.

No meio da alcova havia uma mesa com uma manta queimada por marcas de ferro de passar, onde o marido da senhora dos cabelos brancos (que era o único da casa que trabalhava e que eu quase não vira durante todo o tempo em que estive ali) ficava lendo à noite: aquela era a mesa de passar roupa. A parede do lavabo e a parede da janela estavam cobertas de limo, porque, como era no porão, quando chovia a água infiltrava e escorria pela parede. Ao lado desse cômodo, no fundo do corredor onde ficava o armário dos cupins, a senhora abriu uma portinha: o banheiro. A banheira era chamada de a banheira de Nero. Era quadrada e feita de azulejos de Valência muito velhos, com as juntas malfeitas e muitos azulejos rachados. A senhora me disse que eles só tomavam banho no auge do verão e de ducha, porque para encher a banheira era preciso esvaziar o mar. E acima da banheira via-se uma claridade meio apagada, que entrava por um alçapão envidraçado e esse alçapão dava para a entrada de cima onde havia a grade com o aviso preso com tirinhas de fita adesiva, e esse alçapão às vezes eles o levantavam para arejar o banheiro e o mantinham aberto colocando um pedaço de bambu. Eu perguntei o que aconteceria se, enquanto um dos adultos tomasse banho, o menino levantasse o alçapão e olhasse. E a senhora disse, fique quieta. E o teto e o trecho de parede acima dos azulejos de Valência, que não era coberto de azulejos, estavam também, como a sala, cobertos de limo, que de perto brilhava como vidro. Mas o pior era, disse ela, que aquela banheira demorava muito para engolir a água ao ser esvaziada, porque o nível do encanamento da rua era um pouco mais alto do que o nível em que a banheira estava e, às vezes, se a força da tubulação não puxava a água, a banheira tinha de ser esvaziada com o desentupidor ou com pano de chão. Então fomos até o porão, que era o térreo, por uma escada de pinho; no meio da escada havia uma janela que dava para a rua onde ficava o portãozinho do jardim, e era por aquela janela, se todos estivessem em cima, que costumavam gritar para quem batia pelo portãozinho do jardim para que subisse e entrasse pela grade do aviso preso com tirinhas de fita adesiva. E desde o meio da escada se via o teto do armário dos cupins, cheio de poeira. E saímos na antessala, com o menino atrás da gente. Estávamos diante de um baú de madeira escura todo cheio de relevos e de um porta-guarda-chuva em forma de guarda-chuva, com as hastes para cima, todo cheio de roupa e chapéus velhos. Se o Quimet tivesse visto aquele baú iria se apaixonar por ele na hora; e disse isso à senhora, e a senhora me disse enquanto acompanhava o desenho da tampa com o dedo, sabe o que representa?

— Não, senhora.

No belo centro da tampa, havia um rapaz e uma moça, só as cabeças, com uns narizes muito grandes e lábios de negro, que se olhavam; e a senhora disse, representa a eterna questão, e acrescentou, o amor. E o menino riu.

Entramos em um cômodo que tinha uma sacada para a rua, bem em cima daquela janela pela qual a senhora tinha gritado que batesse no portãozinho do jardim. Também era uma sala com alcova modernizada. Tinha um piano preto e duas poltroninhas de veludo cor-de-rosa e um móvel com umas pernas muito estranhas: altas como as de um cavalo, e a senhora disse que aquelas pernas ela é que tinha mandado fazer no seu restaurador, para sustentar o móvel, que era

uma pequena arca com incrustações de madrepérola nas gavetinhas, e disse que eram pernas de fauno. A cama era antiga, com metais dourados e apenas uma coluna sobre cada pé. Na cabeceira, em uma capelinha, de mãos amarradas, feito de madeira e com expressão amarga, ficava um Cristo com túnica vermelha e dourada. A senhora disse que aquele quarto era dos jovens, mas que nele dormiam ela e o marido, ou seja, os velhos, porque a filha dela não conseguia pegar no sono com tantos automóveis para cima e para baixo pela rua, que preferia dormir no quarto de trás, onde havia toda a tranquilidade do jardim. Do lado da cama do Cristo havia uma portinha de passagem que dava em um quartinho sem janela, com uma cama com mosquiteiro azul; não cabia mais nada e era o quarto do menino que nos seguia. E saímos na sala de estar. Logo vi uma arca dourada de cima a baixo, dourada e azul, com escudos coloridos por toda a volta da parte de baixo e, na tampa, levantada, uma santa Eulália inclinada, com um lírio em uma mão e um dragão junto dela com o rabo enrolado por cima de uma montanha sem árvores, com a boca escancarada, com três línguas de fogo como três labaredas. Uma arca de noiva, disse a senhora, gótica. Diante da arca tinha uma sacada que dava em cima daquela janela da sala que encostava no teto. E à direita, saindo do quarto do menino, outra sacada que dava para a galeria de cima, descoberta. Não pôde me mostrar o dormitório dos jovens, que era o dos velhos, porque a filha dela estava descansando. E ela e o menino começaram a andar na pontinha dos pés, e eu também. Saímos na galeria descoberta do porão, que era o térreo, e, pela escada que ficava em cima do poço e do tanque, descemos até o pátio de cimento, sempre cheio de pinos de boliche, porque o menino gostava de brincar disso. A senhora me explicou que a filha dela precisava de repouso porque tinha uma doença, e me explicou a doença da filha dela, que ela pegara quando decidiu mudar as floreiras de camélias de lugar. Um dia depois dessa mudança, ela começou a ter hemorragia. O médico dissera que só poderia saber que doença a filha dela tinha quando tivesse um dos rins dela na mão. E isso o médico, que não era o dela, porque o dela estava de férias, tinha dito a eles quando estavam em pé sobre os degraus de mármore da entrada principal, do lado do alçapão que dava bem em cima da banheira de azulejos de Valência. E antes de eu ir embora ela me mostrou como se fazia para abrir o portãozinho do jardim para quem estava do lado da rua. O portãozinho tinha uma chapa de ferro na parte de baixo e barras de ferro na parte de cima, mas como as crianças atiravam porcarias no jardim, uma vez jogaram até um coelho morto, o genro, ou seja, o senhor do jaleco, cobriu a grade com madeiras pelo lado de dentro: as barras e a fechadura tinham ficado do lado da rua; e, do lado do jardim, via-se apenas o buraco da fechadura. Essa porta podia ser aberta, do lado da rua, quando não estava fechada à chave, porque eles só a trancavam com chave à noite; era só puxar a maçaneta, passando depois a mão pela fresta que aparecia e soltar um anel com corrente que estava enfiado em um gancho preso na parede. Era muito simples, mas para quem já sabia. E se falo tanto da casa é porque ainda a vejo como um quebra-cabeça, com as vozes deles que, quando me chamavam, eu nunca sabia de onde vinham.

XIX

O Quimet me falou que se eu quisesse sair para trabalhar era coisa minha e que, da parte dele, trataria de levar adiante a criação de pombos. E que, vendendo pombos, a gente ficaria rico. Fui até a casa da dona Enriqueta para contar sobre a entrevista com meus futuros patrões. E enquanto ia, as ruas, que estavam como sempre, me pareciam estreitas. O menino logo se ajeitou para ver as lagostas. A dona Enriqueta disse que tomaria conta das crianças, que iria levá-las para a esquina da Smart e colocá-las sentadas em uma cadeirinha ao lado dela. O Antoni desceu da cadeira em que havia trepado e, como entendia tudo, disse que queria ficar em casa. Eu disse à dona Enriqueta que o menino ela ainda conseguiria manter sentado, porque quando ele queria era obediente, mas que a Rita, coitadinha, era muito pequenina para passar a manhã na rua. Com o barulhinho da conversa a Rita caíra no sono no meu colo e o menino já estava de novo em cima da cadeira, grudado nas lagostas. Chuviscava. Não sei o motivo, mas toda vez que ia ver dona Enriqueta era raro que não chovesse. As gotas de chuva corriam pelos varais, até que algumas, as mais inchadas, se esticavam, ficavam como uma lágrima e caíam.

No primeiro dia na casa do porão, a troça! Ainda faltava lavar metade da louça quando fiquei sem água. O senhor do jaleco, avisado pela senhora, veio até a cozinha, com modos muito educados, e abriu a torneira, e quando viu que não caía uma só gota d'água disse que ia até o terraço para ver o que estava acontecendo, porque às vezes, como deixavam a caixa meio destampada para poder ver a toda hora se entrava pelo menos um pouco de água, acabava entrando uma folhinha no buraco de saída da água. A senhora disse que, enquanto esperava, eu podia ir tirando o pó da sala de jantar. E eu pensava que era justamente na sala que minhas crianças estavam trancadas, porque o Quimet também disse que a dona Enriqueta não podia tomar conta deles, que se distrairia e que talvez o menino fugisse do lado dela e fosse parar no meio da rua e acabasse sendo esmagado. E enquanto tirava o pó com o pano, porque a senhora dizia que o espanador só serve para fazer o pó voar e que é só você virar as costas e ele já está lá de novo, no mesmo lugar de onde você tirou, a filha desceu, me cumprimentou, e achei que tinha uma cara bem saudável. A senhora me disse para tirar um balde de água do poço para limpar a janela que encostava no teto; como ela ficava rente ao chão e passavam carros e caminhões sem parar, estava sempre suja de pó e, se chovia, de lama; esguicho vai, esguicho vem, e eu sempre dançando. O senhor do jaleco desceu do terraço e, do patamar da escada de pinho, que dava na antessala, gritou que não estava correndo nem um pouco de água, que a caixa não tinha entupido na saída, e que a água não subia porque devia ter um entupimento na entrada da rua. Então, a senhora me disse que eu teria de subir não sei quantos baldes mais de água do poço, para terminar de lavar a louça, apesar de ela ter muito medo da água do poço, porque sempre pensava que, em outros tempos, alguém teria jogado uma pessoa lá dentro para que se afogasse. Mas que havia o risco de o homem da companhia demorar dois ou três dias para vir e que não podiam de jeito nenhum ficar tanto tempo com a louça suja.

E com não sei quantos baldes mais de água pude terminar de lavar a louça que a senhora ia enxugando. A filha desaparecera. E fui arrumar as camas. Subi pela escada do jardim, acima do tanque. O menino brincava de pôr a mão no chafariz, pensava que ninguém o via, atirou um punhado de areia dentro, e então percebeu minha presença. Ficou com os olhos parados, branco, como se fosse de pedra. A senhora, enquanto eu arrumava a cama do quarto da frente, o da sacada que dava em cima da janela, por onde no primeiro dia tinha saído a voz me dizendo que batesse pelo portãozinho do jardim, gritou do banheiro, e a voz saiu pelo alçapão da entrada, dizendo que era para eu abrir o armarinho do gás, que dentro dele ia achar um cartão com a beirada dobrada e que o colocasse na frente do aviso que dizia para bater pelo lado do jardim, porque, se quando o homem da água viesse e o fizéssemos dar a volta, talvez ele ficasse bravo de a gente obrigá-lo a fazer trajeto tão longo. Que o cartão também ficava parado no lugar pela dobra, que já fora feito de propósito para não se ter de arrancar e grudar o aviso toda vez. Passei o cartão em branco entre o vidro e o aviso, e ele ficou muito bem preso pela dobra. E a senhora subiu para ver se eu tinha entendido e me mostrou que os vidros dos batentes da grade se separavam do ferro levantando umas presilhas, que assim podiam ser lavados com toda facilidade e que essas presilhas às vezes ficavam emperradas com o pó e tinham de ser levantadas a marteladas. Que era muito prático isso de poder separar os vidros da grade porque seria um drama ter de limpar os vidros passando os dedos por entre os ferros. E me disse que a grade tinha sido feita por um serralheiro de Sants, apesar de seu serralheiro ser um serralheiro de Sant Gervasi. Mas que o serralheiro de Sants o genro dela tinha conseguido enganar dizendo que era mestre de obras e que precisava de cinquenta grades para um conjunto de casas que estava construindo, e que aquela lá ia servir de amostra. Coisa que não poderia ter explicado ao serralheiro de Sant Gervasi, que já o conhecia e sabia que vivia de renda. E aquela grade de amostra tinha saído praticamente de graça e o serralheiro de Sants ainda estava esperando sentado a encomenda grande. Não ouvi o senhor entrar de novo porque devia ter voltado pelo jardim. À uma hora ele me pagou, e fui para casa correndo pelas ruas e, quando atravessei o Carrer Gran, por pouco não fui parar embaixo de um bonde. Não sei qual foi o anjo que me salvou daquele perigo. As crianças não tinham feito nenhuma arte. A Rita dormia no chão. E o menino, assim que me viu, pôs-se a choramingar.

XX

O homem da água veio no dia seguinte, às dez da manhã, e fui abrir a porta para ele. Logo subiu o senhor e disse, com uma cara muito triste, desde ontem estamos sem água e não pudemos nem dar banho no menino e ele passou uma noite horrível...

O homem da companhia, que era gordo e de bigode, ergueu a cabeça, sem parar de desparafusar a torneira de dentro da tampa da rua, e riu. Subimos até o terraço para medir a entrada de água e, quando descemos, o senhor deu uma gorjeta para o homem, e o homem voltou a colocar a tampa e foi embora. Desci pela escada de pinho, e o senhor, que tinha descido pela escada do jardim, pediu uma garrafa vazia e me disse que o acompanhasse até o terraço para medir a entrada de água, porque o homem da água tinha medido de qualquer jeito e ele tinha posto na cabeça que aquele homem era muito boa pessoa e podia ter deixado o volume de água duas vezes maior. Fomos até o terraço, eu segurava a garrafa e ele olhava o relógio, e a senhora do terraço vizinho o cumprimentou e ele começou a conversar com aquela senhora, que era sua locatária, porque a casa do lado, embora não fosse tão bem decorada, também era deles. Quando a garrafa encheu, chamei-o, ele veio depressa, com o jaleco esvoaçando atrás dele, e olhando o relógio disse que nunca haviam tido tanta água, porque antes a garrafa enchia em seis minutos e dessa vez três minutos e meio já haviam sido suficientes. À noite, antes de dormir, contei a história da grade para o Quimet e ele disse que, quanto mais ricos, mais esquisitos.

Depois de dois dias eu já entrava sem bater, só puxando o portãozinho e soltando a corrente; encontrei a senhora e o genro dela sentados nas poltronas de vime ao pé da sacada. Logo percebi que o senhor do jaleco tinha um olho roxo. Enfiei-me na cozinha para lavar os pratos, todos sujos desde o dia anterior, e a senhora veio me fazer companhia.

Ela contou que eles estavam passando por um aborrecimento. E me perguntou se vira o olho do seu genro e eu disse que tinha percebido logo. E falou que eles tinham um locatário em um galpão e que esse locatário, nesse galpão, tinha uma fabriquinha de cavalinhos de papelão. E que o genro dela ficara sabendo que o locatário dos cavalinhos de papelão estava muito bem de vida e resolvera aumentar o aluguel. Ele tinha ido lá na hora do almoço e encontrara o locatário sentado à mesa, porque parece que eles almoçavam e moravam no próprio galpão onde trabalhavam e mantinham a mesa e a cama em um canto. Em seguida, o genro dela apresentou o recibo com o aumento e o locatário disse que ele não tinha por que aumentar o aluguel, e o genro disse que sim, e o locatário que não, até que o locatário se enfureceu e pegou o osso de carneiro que tinha no prato e o atirou no genro, com tanta falta de sorte que acertou direto no olho. E a senhora disse, quando você entrou, falávamos em procurar o advogado. E naquela hora tocou a campainha e a senhora perguntou se eu podia fazer o favor de atender, porque ela ainda não tinha lavado o rosto. Perguntei qual era a campainha que tinha tocado, porque não sabia reconhecer de onde vinha a campainha; e a senhora disse que a campainha que tinha tocado era a do jardim, que soava na galeria, enquanto a campainha da porta principal soava no alto da escada da antessala. E disse, se for alguém a respeito do anúncio do jornal, diga que a gente só aluga para pessoas sem crianças e que a casa tem três terraços. Se eles concordarem, me chame, e a gente vai fazê-los entrar e meu genro vai terminar de dar os detalhes e as condições. Abra a porta devagar; você já sabe que ela abre para a rua e poderia machucá-los.

Fui abrir a porta e encontrei um senhor e uma senhora muito bem-vestidos, já velhos, e muito limpos. Disseram que tinham deixado o carro em frente à entrada principal e que cansaram de tocar a campainha, que ela não soava, até que, por acaso, viram o aviso e tocaram pelo jardim.

— A gente veio pelo anúncio do sobrado, sabe?

E o senhor me deu um pedacinho de papel de jornal muito bem recortado e me pediu para ler. Quis fazer isso e não entendi nada, porque tinha só uma letra e ponto. Outra letra, e ponto. Duas letras, e ponto. E o endereço. E mais letras e mais pontos, sem que nenhuma palavra aparecesse inteira. Não entendi nada, devolvi o papelzinho e disse que os proprietários não queriam crianças. O senhor disse que a casa era para o filho dele, que tinha três crianças, e que, como era muito natural, se queria alugar uma casa era porque tinha crianças, e disse, meio zangado, meio brincando, o que é que meu filho vai fazer com as crianças? Chamar o rei Herodes?

E foram embora sem dizer nem até logo. A senhora me esperava ao pé do chafariz, que tinha um menino de pedra no meio, sentado com chapéu de palha, de cor verde e azul desbotado, e trazia um ramo de flores. Do meio de uma margarida saía a água. O senhor, em pé na galeria, nos olhava, enquanto escovava os dentes com uma toalha no pescoço, porque a torneira do lavabo estava com a carapeta gasta e eles a deixavam amarrada com um barbante para que não pingasse sem parar. E ele se lavava na cozinha. Disse à senhora que eram dois senhores, um casal, e que aquilo de não aceitarem crianças não lhes agradou nem um pouco. Contei que eles tinham cansado de apertar a campainha de cima e que ela não soava. A senhora disse que, às vezes,

tinha gente insistente que mesmo lendo o aviso não parava de apertar a campainha, e então eles bloqueavam a corrente elétrica e deixavam que tocassem à vontade. Enquanto a gente esperava que o senhor terminasse de escovar os dentes, ficamos vendo o peixe vermelho do chafariz, que se chamava Baltazar, porque eles o tinham dado de presente ao menino no Dia de Reis e, por isso, lhe puseram nome de rei. Perguntei por que eles não queriam crianças na casa que estavam alugando e ela disse que era porque as crianças estragavam tudo e o seu genro não queria saber delas. Fomos para dentro e, na hora em que pisei no pátio de cimento, a campainha do jardim! A respeito do anúncio. Fui correndo abrir e era um jovem, e a primeira coisa que ele disse é que aquela casa era sem pé nem cabeça, que eles davam um endereço e depois faziam você dar uma volta de três horas.

E os meus patrões sempre tinham casas para alugar e eu sempre tinha de sair para explicar a história e, às vezes, antes de poder alugar uma casa, como eles exigiam tanta coisa, passavam três ou quatro meses sem alugá-la.

Decidi levar as crianças até a dona Enriqueta porque aquilo não era vida. Ela aceitou na hora e amarrou a menina pela cintura no cadeirão com um cachecol. E disse que desde o meu primeiro dia de trabalho ela devia ter ficado com elas. Recomendei à dona Enriqueta que não desse amendoins às crianças porque ficariam empanturradas e fiz que elas prometessem que não ficariam pedindo, porque o amendoim lhes tiraria a vontade de almoçar. Durou pouco. O menino ficava amuado e dizia o tempo inteiro que queria ficar em casa. Que não queria ficar na rua. Que eu o deixasse ficar no apartamento e que queria ficar no apartamento. E concordei, porque, na verdade, durante o tempo em que as deixara sozinhas, nunca acontecera nada.

Até que um dia, ao entrar, ouvi um alvoroço de asas e o menino estava em pé na grade, de costas para a luz, e passava um braço pelo ombro da Rita. E estavam muito quietos. Mas como eu, assim que chegava, ficava apressada para preparar o almoço para todos, não dei importância. E eles tinham pegado o costume de brincar com ervilha. Cada um tinha sua caixinha cheia de grãos de ervilha e faziam desenhos pelo chão com ervilha: caminhos e flores e estrelas.

Já tínhamos dez casais de pombos e, numa tarde em que o Quimet voltava da visita a um senhor que morava perto de onde eu trabalhava, ele veio me buscar e o apresentei à senhora. Fui embora com o Quimet e, no caminho, a pedido da senhora, deixei uma lista no merceeiro. Quando saí, o Quimet, que ficara na rua, me disse que eu era muito desligada, que a ervilha daquele merceeiro era das melhores que já tinha visto, que ele já reparara nisso logo que a gente ficou noivo, e me fez entrar de novo para comprar cinco quilos de ervilha. O próprio merceeiro pesou para mim. Era um rapaz como o Pere, o cozinheiro, alto, com o cabelo bem penteado e a cara um pouco marcada de varíola, não muito. A minha patroa sempre dizia que ele tinha bom preço e que era um merceeiro honesto, que sempre dava o peso certo. E era de poucas palavras.

XXI

Estava cada dia mais cansada. Quando entrava no apartamento, muitas vezes já encontrava as crianças dormindo. Havia estendido um colchonete no chão da sala, com dois travesseiros, e encontrava os dois dormindo, às vezes bem juntinhos, e o menino com um braço passado por cima da Rita. Até que passei a não os encontrar mais dormindo, e a Rita, tão pequenina, fazia hiiiii... hiiiii... hiiiii... e eles se olhavam, e o menino punha um dedo diante dos lábios e dizia, cala a boca. E a Rita voltava com aquela espécie de risada, hiiiii... hiiiii... hi... uma risada muito estranha. Eu quis saber o que estava acontecendo. Um dia apertei o passo e não parei em nenhum lugar e cheguei um pouco mais cedo, abri a porta do apartamento como se entrasse para roubar, prendendo a respiração enquanto girava a chave na fechadura. A área estava cheia de pombos, tinha pombo também no corredor e as crianças não estavam em lugar nenhum. Três pombos, assim que me viram na frente deles, foram para a sacada da rua, que estava escancarada, e fugiram deixando algumas penas e sombra. Mais quatro foram para a área rapidinho, de vez em quando dando um pulinho e abrindo as asas, e quando estavam na área viraram para me olhar e os assustei com o braço e fugiram voando. Comecei a procurar as crianças até embaixo das camas e dei com eles no quartinho escuro em que a gente trancava o Antoni quando era muito pequeno para que nos deixasse dormir. A Rita estava sentada no chão com um pombo no colo, e o menino tinha três pombos na frente dele e lhes dava ervilhas, e eles comiam da mão dele com o bico. Quando disse, o que é que vocês estão fazendo?, os pombos se apavoraram e levantaram voo batendo pelas paredes. E o menino, com as mãos na cabeça, pôs-se a chorar. E o trabalho que eu tive para conseguir tirar aqueles pombos lá de dentro... E a grande comédia! Parece que já fazia tempo que, de manhã, os pombos eram os donos do apartamento enquanto eu estava fora. Entravam pela área, corriam pelo corredor, saíam pela sacada da rua e voltavam para o pombal dando a volta. E era assim que meus filhos tinham aprendido a ficar quietos para não espantar os pombos e poder ter a companhia deles. O Quimet achou isso muito bonito e disse que o pombal era o coração, de onde saía o sangue que dá a volta pelo corpo e volta ao coração, e que os pombos saíam do pombal, que era o coração, davam a volta pelo apartamento, que era o corpo, e voltavam ao pombal, que era o coração. E disse que a gente tinha de pensar em ter mais pombos, que eles viviam pela graça de Deus e sem dar trabalho. Quando os pombos, no terraço, saíam voando, levantavam como uma onda de raios e asas e, antes de sair para passear, bicavam as varandas e comiam o reboco, e em muitas partes das varandas viam-se grandes pedaços de tijolo. O Antoni atravessava uma extensão de pombos com a Rita atrás e os pombos nem se mexiam: alguns abriam caminho para os dois e outros os seguiam. O Quimet disse que, já que os pombos tinham se acostumado ao apartamento, ia pôr chocadeiras no quartinho pequeno. E se as crianças sentavam no chão do terraço, ficavam logo rodeadas de pombos que deixavam que elas encostassem a mão neles. O Quimet explicou para o Mateu que queria colocar chocadeiras no quartinho pequeno, que ficava bem embaixo do desvão do terraço; só precisava fazer um buraco no teto, um alçapão, disse ele, colocar uma escada de ripas do chão até o teto, e os pombos teriam um caminho curto para ir e voltar do apartamento até o pombal. O Mateu falou para ele que talvez o proprietário não concordasse e o Quimet disse que o proprietário nunca ia ficar sabendo, e que se eles mantivessem os pombos limpos o proprietário não teria do que reclamar, e o que ele queria mesmo era levar adiante a criação dos pombos para, no fim, montar uma granja, e que eu e as crianças iríamos cuidar dela. Falei que era uma loucura e ele disse que as mulheres sempre querem mandar, e que ele sabia o que estava fazendo e por que o fazia, e dito e feito; o Mateu, com sua santa paciência, abriu o alçapão e Quimet queria fazer a escada, mas Mateu disse que iria trazer uma da obra, um pouco velha, e que só precisaria serrar um degrau ou dois, porque achava que era um pouco comprida demais.

E colocou chocadeiras embaixo e provisoriamente trancou os casais para que se acostumassem a sair direto pela escada, em vez de dar a volta por todo o apartamento. Os pombos viviam no escuro porque ele também fechou o alçapão, que era feito de pedaços de madeira e abria, pela parte de cima, puxando uma alça de ferro; e pela parte de dentro, quando estávamos no alto da escada, a gente tinha de erguê-lo com a cabeça e os ombros. Eu não podia matar nenhum pombinho porque os gritos e os choros das crianças punham a casa abaixo. Quando entrava no quartinho pequeno para limpar, acendia a luz, e os pombos ficavam cegos e paralisados. O Cintet, com a boca mais torta do que nunca, estava muito zangado.

— São pombos prisioneiros!

E os pombos trancados no escuro botaram ovos e os chocaram, e nasceram filhotes, e quando os filhotes estavam cobertos de penas o Quimet levantou o alçapão e, por uma gradezinha que abrira na porta do desvão, víamos como os pombos subiam a escada: de uma revoada, um degrau ou dois. A alegria do Quimet... Dizia que a gente poderia ter oitenta pombos e, com os filhotes que dariam os oitenta, bem vendidos, poderia começar a pensar em fechar a oficina e talvez comprar logo um terreno, e o Mateu construiria a casa para nós com material de demolição. Quando chegava do trabalho, jantava sem saber nem o que estava comendo, e logo me fazia tirar a mesa e embaixo do lustre de franja cor de morango começava a fazer contas em um saquinho velho para economizar papel; tantos casais, tantos filhotes, tanto de ervilha, tanto de sisal... Um negócio da China. Devo dizer que os pombos demoraram três ou quatro dias para aprender a subir até o terraço e que os de cima os receberam a bicadas, porque já não os conheciam mais. O mais raivoso de todos era o branco, o primeiro, o da área e do sangue. E quando estavam bem acostumados os de cima e os de baixo, os de cima desceram para xeretar.

A casa que a gente ia construir tinha de ser na parte alta de Barcelona. Os pombos iam ficar em uma torre especial, com uma rampa que subiria em espiral até em cima de tudo, e a parede da rampa seria cheia de chocadeiras, e do lado de cada chocadeira teria uma janelinha, e em cima teria um terraço coberto por um teto em ponta, e por baixo do teto os pombos se atirariam a voar pelo Tibi e pelas redondezas. Dizia que os pombos iriam torná-lo um homem conhecido, porque, quando tivesse casa própria e não precisasse mais trabalhar na oficina, faria cruzamentos de raças e algum dia ganharia um prêmio como criador de pombos. Mas que, de qualquer maneira, como gostava muito do ofício de marceneiro, mandaria o Mateu fazer um galpão e teria uma oficina e faria móveis só para os amigos; porque gostava de trabalhar, a única coisa que o chateava era ter de tratar com senhores de má-fé, porque havia os que eram belíssimas pessoas, mas havia outros tantos de má-fé que às vezes o faziam perder o gosto de trabalhar. Quando o Cintet e o Mateu vinham em casa, tudo eram projetos, até que um dia a dona Enriqueta me disse que de cada três casais de pombos o Quimet dava dois de presente, só pela alegria de dar... E você, trabalhando como uma tonta...

XXII

Eu só ouvia o arrulhar de pombos. Matava-me limpando os pombos. Fedia a pombo dos pés à cabeça. Pombos no terraço, pombos no apartamento; sonhava com pombos. A moça dos pombos. Vamos fazer uma fonte, dizia o Cintet, com a Colometa em cima, com um pombo na mão. Quando ia pela rua para a casa dos meus patrões para trabalhar, o arrulhar dos pombos me seguia e se enfiava no meio da minha cabeça, como um besouro. Às vezes a senhora falava comigo, e eu, distraída, como se não entendesse, não respondia, e ela me dizia, você não está me ouvindo?

Não podia lhe contar que só ouvia os pombos, que minhas mãos tinham cheiro do enxofre dos bebedouros, cheiro da ervilha escorregando para dentro dos comedouros, acompanhando com a mão para que não caísse fora, empurrando os grãos para que saíssem por todos os buracos por igual. Não podia contar que, se um ovo caía da chocadeira no meio da incubação, o fedor me fazia recuar, mesmo que apertasse o nariz com dois dedos. Não podia contar que só ouvia gritos de filhotinhos pedindo comida com toda a fúria do corpo cheio de penugem amarela cravada na carne roxa. Não podia contar que só ouvia o arrulhar de pombos porque estavam enfiados dentro de minha casa e que, se deixava aberta a porta do quartinho-pombal do apartamento, os pombos se espalhavam por toda parte e saíam pela sacada da rua sem parar, como em uma brincadeira maluca. E que tudo começara por culpa de ter tido que ir trabalhar na casa deles, porque estava tão cansada que não tinha nem ânimo, quando era preciso, de dizer não. Não podia lhe explicar que não podia me queixar a ninguém, que minha dor era uma dor só para mim e que, se alguma vez me queixava em casa, o Quimet me dizia que a perna dele doía. Não podia dizer a ela que meus filhos eram como flores malcuidadas e que a minha casa, que havia sido um céu, virara uma bagunça e que, à noite, quando punha as crianças para dormir e levantava a camisa delas e fazia cócegas na barriga para fazê-las rir, ouvia o arrulhar dos pombos e tinha o nariz cheio de fedor de febre de filhotinho. Tinha impressão de que eu todinha, cabelos, pele e vestido, tinha fedor de pombo. Quando me via sozinha, cheirava meus braços e cheirava meu cabelo quando me penteava e não entendia como podia trazer grudado no nariz aquele fedor, de pombo e de filhote, que quase me sufocava. A dona Enriqueta se intrometeu e disse que eu não tinha caráter, que se fosse ela já teria terminado com tudo, que nunca teria deixado que fizessem uma coisa dessas com ela. A mãe do Quimet, que eu via muito pouco porque estava envelhecendo depressa e para ela nos visitar era uma viagem muito longa e eu não tinha tempo de vê-la aos domingos, um dia apareceu porque disse que queria ver os pombos, que o Quimet e as crianças, quando iam visitá-la, o que não era muito frequente, disse ela queixando-se, só falavam dos pombos e que logo iriam ficar ricos, e o menino dizia que os pombos o seguiam e que ele e a Rita falavam com eles como se fossem seus irmãozinhos. Quando ouviu os arrulhos que vinham do quartinho pequeno, ficou arrepiada. Disse que aquilo só podia ser coisa do filho dela. E disse que não sabia que a gente tinha os pombos tão enfiados dentro de casa. E fiz que ela subisse ao terraço e do sótão do terraço disse para ela olhar para baixo, pelo buraco do alçapão, e ela ficou com tontura.

— É, pode ser que o Quimet esteja ganhando dinheiro...

Quando viu o enxofre dentro dos bebedouros disse que enxofre a gente só podia dar para as galinhas, que nos pombos ele inchava o fígado. E, enquanto conversava, os pombos eram os donos do terraço. Iam, vinham, voavam, desciam de novo, passeavam pelas varandas, que comiam a bicadas. Pareciam gente. Partiam com um voo de sombras e de luz e voavam por cima da nossa cabeça, e a sombra das asas manchava nosso rosto. A mãe do Quimet, para espantá-los, moveu os braços como um moinho e eles nem sequer olharam para ela. Os machos rodeavam as fêmeas, bico para a frente, bico para cima, bico para o chão, rabo empinado, as pontas das asas varrendo. Entravam e saíam das chocadeiras e comiam ervilha e bebiam água com enxofre, e o fígado tranquilo. A mãe do Quimet, depois que se refez da tontura, quis ver as chocadeiras. Os pombos, febris, nos olhavam com olhos de vidro; todos os bicos enfileirados, escuros, com o desenho carnudo, furado com dois furos que eram o nariz... Os romanos pareciam reis, os monges, um tufo de penas, os de rabo de pavão ficaram um pouco alterados e vieram para fora e abandonaram a chocadeira.

— Vamos ver os ovos? — disse eu.

— Não — falou a mãe do Quimet —, eles podem ficar enfezados. Os pombos são muitos ciumentos e não querem estranhos.

XXIII

Depois de uma semana exata daquela visita, a mãe do Quimet morreu. Uma vizinha veio nos avisar de madrugada. Deixei as crianças na casa da dona Enriqueta para fazer o que quisesse com elas e, junto com o Quimet, fui vê-la. No ferrolho tinham amarrado um grande laço preto, e o pouco de neblina de um dia de outono que começava o fazia esvoaçar. No quarto da morta estavam três vizinhas. Tinham tirado os laços das quatro colunas da cama e também o que ficava em cima da cruz. Já a tinham vestido. Puseram-lhe um vestido preto com uma gola de tule que ficava presa com prendedores finos, e toda a parte de baixo da saia estava enfeitada com veludo. No pé da cama havia uma coroa muito grande, de folhas verdes, sem nenhuma flor.

— Não estranhe — disse uma das vizinhas, muito alta e mexendo as mãos com dedos compridos e magros —, é uma coroa sem flores, como sempre foi o desejo dela. Meu filho é jardineiro e estava acertado com ela que, se morresse primeiro que eu, iria querer uma coroa sem flores... Era sua grande mania... sem flores... sem flores, repetia sempre. As flores, dizia, para as mocinhas. E a gente comentava que, se quem morresse primeiro fosse eu, ela mandaria fazer para mim uma coroa com flores da estação, que não fizesse a loucura de encomendá-la com flores raras nem flores novinhas. Porque, a mim, uma coroa só de folhas daria a impressão de que me tinham preparado um grande almoço sem sobremesa. E vocês já estão vendo, ela foi primeiro...

O Quimet disse, o que é que eu faço agora com a coroa? Ela já tem uma.

— Se quiser, pague metade para mim... assim nós dois vamos ter contribuído.

E outra vizinha se intrometeu; tinha a voz rouca e disse, se a minha amiga fosse interesseira, ela teria dito para você mandar fazer outra coroa com o filho dela, porque um carro pode ir carregado de coroas e nos enterros de primeira sempre vai um carro a mais para levar as coroas que não cabem no carro da frente...

— Como o meu filho é especialista em coroas, a minha amiga sabe disso porque meu filho sempre conta... também faz coroas artificiais.

E disse que fazia umas coroas com miçangas, que duravam a vida toda. Fazia flores de miçangas: camélias, rosas, lírios azuis, margaridas... flores e folhas de miçangas e raminhos enrolados, tudo em cores muito delicadas. E que o arame com que passava as miçangas não enferrujava nem com a chuva nem com o ar úmido de morte do cemitério. A terceira vizinha disse com a voz muito triste: sua mãe queria uma coroa de folhas. Simples e sem enfeites. E disse que ela tivera uma morte como poucas: uma santa morte. Parecia uma menina. E a olhava com as mãos cruzadas sobre o avental.

A mãe do Quimet estava deitada em cima da colcha de rosas vermelhas, como uma figura de cera. Descalça, tinham juntado os pés dela com um alfinete muito grande, de uma meia até a outra. Disseram que haviam tirado a corrente de ouro do pescoço e o anel e deram tudo para o Quimet. E a vizinha cujo filho era jardineiro disse que a mãe do Quimet, uns três ou quatro dias antes tivera umas tonturas de cabeça muito fortes e dizia que era como as que havia sentido no dia em que fora ver os pombos e que estava um pouco assustada e não queria sair na rua porque tinha medo de cair. E enquanto falava passou a mão pelos cabelos dela umas duas ou três vezes e disse, vocês não acham que ela está bem penteada? E disse ainda que de noite, quando era viva, parece que ela tinha se sentido mal e foi bater na casa dela, então ela e o filho a tinham acompanhado de volta à casa porque, quando quis sair da casa deles, já não conseguia andar. E ela e o filho a tinham posto na cama... Quisera eu ter os cabelos dela.

A senhora que tinha a voz rouca se aproximou da cama e passou a mão pela testa da mãe do Quimet e disse que, logo que perceberam que a alma dela voava embora, tinham lavado suas mãos e o rosto, e o monsenhor Eladi ainda chegara a tempo de lhe fazer o sinal da cruz. Disseram que não haviam tido trabalho para vesti-la porque havia muito tempo ela tinha tudo preparado e sempre lhes mostrava o vestido que guardava dependurado no armário com um cabide almofadado para que não deformasse nos ombros. E que lhes recomendava sempre que, caso morresse e fossem elas a vesti-la, não lhe colocassem sapatos, porque, se era verdade que os mortos voltam ao mundo, ela queria voltar sem ser ouvida e sem incomodar ninguém. O Quimet não sabia como agradecer a elas, e a vizinha que tinha o filho jardineiro disse: sua mãe era uma pessoa muito querida, sempre correndo como um azougue e disposta a prestar um favor... Pobre senhora... Antes de colocá-la na cama a gente trocou a fita dos escapulários e assim ela vai poder se apresentar no céu, se já não se apresentou, bem-arrumada e contente.

A vizinha que tinha falado menos se sentou, esticou bem a saia pegando-a com a ponta dos dedos por duas dobras, e nos olhava. Depois de um momento, como ninguém falava, disse para o Quimet: a sua mãe gostava muito do senhor... e das suas crianças. Mas às vezes me dizia que o sonho da vida dela era ter tido uma menina.

E a vizinha cujo filho era jardineiro disse que havia coisas que era melhor não falar, principalmente em certos momentos... que dizer a um filho na hora em que a mãe acabava de morrer como quem diz que a mãe dele teria preferido ter uma filha era ter muito pouco entendimento. O Quimet disse que ninguém lhe estava contando nenhuma novidade, porque a mãe dele, quando era pequeno, para fazer de conta, vestia ele de menina e o fazia dormir com camisola de menina. E naquele preciso instante, sem bater, entrou a vizinha que tinha almoçado com a gente no dia daquele almoço sem sal, com um raminho de amor-perfeito; e disse que talvez já fosse hora de avisar a funerária.

XXIV

 Tanto o Cintet como o Quimet não paravam de falar das brigadas e que teriam de voltar a ser soldados e tudo o que fosse preciso. Eu disse a eles que estava bem, muito bem, virar brigadiano, tudo bem, mas que eles já tinham servido ao Exército, e disse para o Cintet deixar o Quimet tranquilo, que não o ficasse atiçando com a história das brigadas porque a gente já tinha bastante dor de cabeça. O Cintet ficou oito dias sem olhar na minha cara. E um dia veio me ver, qual o problema de entrar na brigada?

Eu respondi que eram os outros que deviam entrar para a brigada, os que não eram casados como ele era agora, que eu não tinha nada a dizer sobre o fato de ele querer ser brigadiano, mas que o Quimet já tinha muito trabalho com a casa dele e já tinha passado da idade para isso. E ele disse que o Quimet iria se sentir bem porque eles iriam até as Planes fazer exercício... E eu lhe disse que não queria que o Quimet fosse brigadiano.

Estava cansada; eu me matava trabalhando e tudo andava para trás. O Quimet não via que o que eu precisava era de um pouco de ajuda em vez de passar minha vida só ajudando, e ninguém reparava em mim, e todo mundo me pedia mais, como se eu não fosse uma pessoa. E o Quimet não parava de arrumar pombos e dá-los de presente! E aos domingos saía com o Cintet. Mesmo tendo dito que ia colocar um carrinho na moto para que todos pudessem sair. Ele, com o menino atrás, e eu no carrinho com a menina. Mas, como estava dizendo, aos domingos ele saía com o Cintet e acho que eles iam bancar os brigadianos, como tinham enfiado na cabeça. Às vezes ainda se queixava da perna, mas logo ficava quieto porque o menino embrulhava uma perna com um pano e dava voltas pela sala mancando, e a Rita atrás com os bracinhos levantados. O Quimet ficava bravo e dizia que eu educava as crianças como se fossem filhos de cigano.

Numa tarde, enquanto as crianças dormiam depois do almoço, alguém bateu na porta da rua. Dois toques eram para nós; um toque, para os vizinhos do primeiro andar. Saí no patamar para puxar a corda. Era o Mateu, e lá debaixo gritou que estava subindo. Assim que o vi, percebi que alguma coisa não ia muito bem. Ele sentou na sala e começamos a falar dos pombos. Os que ele gostava mais, disse, eram os que tinham um tufo de penas atrás da cabeça e o pescoço roxo e verde, furta-cor. Dizia que pombo que não fosse furta-cor não era pombo. Eu perguntei se ele tinha reparado que muitos de patas vermelhas tinham as unhas pretas. E ele disse que isso das patas vermelhas e das unhas pretas não tinha graça nenhuma; que o que dava mesmo o que pensar era o furta-cor. Por que, dependendo de onde vinha a claridade, as penas mudavam de cor e pareciam ora verdes, ora roxas?

— Não contei para o Quimet, mas conheci um senhor, há poucos dias, que tem pombos com gravata...

Disse que fizera bem de ficar quieto porque era só o que me faltava o Quimet trazer pombos de uma outra espécie. E o Mateu disse que aquela gravata eram penas eriçadas no meio do peito, como um riozinho, de cetim. E que eram chamados de pombos gravata de cetim. E disse, se o Quimet não estivesse tão envolvido com as coisas que estão acontecendo, saberia que existem pombos que em vez de penas penteadas para baixo têm penas penteadas para cima, e são os pombos-gravatinha chineses. E disse que ele já imaginava que devia ser muito pesado cuidar de tantos pombos e ter pombos no apartamento, que o Quimet era um bom rapaz, mas tinha suas esquisitices... e que quando o Quimet lhe pedia uma coisa ele não sabia dizer não, porque tinha um jeito de olhá-lo entre os olhos que o dominava... mas que concordava que aquele alçapão ele devia ter se recusado a abrir. Perguntou sobre as crianças e quando disse que estavam dormindo fez uma cara tão triste que fiquei assustada... Expliquei que as crianças e os pombos eram como uma família... que pombos e crianças eram tudo uma coisa só. E que tudo começara por ter precisado deixá-los sozinhos... E eu falava mas sentia que o Mateu não me ouvia, que olhava longe, que não estava lá. Até que, por fim, parei de conversar, e sem a minha voz ele encontrou a voz dele e disse que já fazia uma semana que não via a menina, porque a Griselda tinha sido contratada como datilógrafa e levara a menina para a casa dos pais dela, e que ele não podia viver sem ter a menina em casa nem sabendo que a Griselda via pessoas de todo tipo... e a menina fora de casa... e a menina fora de casa... dizia como se não conseguisse parar. Até que por último me pediu desculpas por ter vindo me contar coisas dele, que um homem tem de saber aguentar sozinho, mas que me conhecia havia tanto tempo e que me conhecia tão bem, que tinha a impressão de que eu era como uma irmã dele, e quando falou que me considerava como se fosse sua irmã, desatou a chorar e fiquei muito espantada. Era a primeira vez que via chorar um homem alto como um São Paulo e com olhos azuis. Quando se acalmou um pouco, foi embora na ponta dos pés para não acordar as crianças, e quando foi embora, ficou-me uma coisa muito estranha por dentro: uma pena misturada com uma doce sensação de bem-estar, que talvez eu nunca tivesse sentido.

E fui até o terraço, com o céu imponente e cor de morango ao entardecer, e os pombos chegaram rente a meus pés, com suas penas lisas, penas em que a chuva deslizava sem conseguir penetrar. De vez em quando, um pouco de vento fazia as penas deles virarem para cima do pescoço... Dois ou três levantaram voo e contra a cor de morango do entardecer pareciam pretos.

À noite, em vez de pensar nos pombos e no meu cansaço, que às vezes não me deixava dormir, pensava nos olhos do Mateu, naquela cor de mar. A cor do mar quando fazia sol e eu e o Quimet corríamos de moto, e, sem perceber, pensava em coisas que tinha a impressão de entender, mas que não conseguia entender... ou aprendia coisas que apenas começava a perceber...

XXV

No dia seguinte, na casa dos meus patrões, quebrei um vaso e eles me fizeram pagar outro novo, mesmo sabendo que o velho já estava um pouco rachado. Quando cheguei ao apartamento, carregada com a ervilha, cansada até não poder mais, tive até de parar em frente da balança desenhada na parede, que era onde acabava meu fôlego quando estava cansada. Meti um par de sopapos no menino sem motivo, e ele chorou, e a menina, quando o viu chorando, também começou a chorar, e já éramos três, porque eu também me pus a chorar, e os pombos arrulhavam, e quando o Quimet chegou nos encontrou com a cara jorrando lágrimas e disse que só lhe faltava essa.

— A manhã inteira encerando e cobrindo buracos de cupim e eu chego em casa e, em vez de encontrar paz e alegria, encontro choro e drama. Quanto mais eu rezo, mais assombração me aparece.

E pegou as crianças de uma tacada e as levantou no ar, segurando-as só por um braço, e ficou passeando com elas assim pelo corredor, para cima e para baixo, uma em cada mão, e eu disse que ele estava querendo quebrar os braços delas, e ele disse que se não parassem de chorar ia atirá-las lá de cima para a rua. E para pôr fim àquilo engoli meu desconforto e lavei o rosto das crianças, e também lavei meu rosto e nem falei que tinha quebrado um vaso e que tinham me descontado, porque ele teria sido capaz de ir até os meus patrões e armar uma confusão dos diabos.

E foi naquele dia que disse a mim mesma que tinha terminado. Que tinha acabado a história dos pombos. Pombos, ervilha, bebedouros, chocadeiras, pombal e escada de pedreiro, tudo fora! Mas não sabia como... Esse pensamento ficou na minha cabeça como uma brasa. E enquanto o Quimet tomava café da manhã com as pernas enroladas nos pés da frente da cadeira e dizia, enquanto mexia o pé, que parecia estar com uma espécie de queimação no joelho que lhe esquentava os ossos, eu pensava em como acabar com a população de pombos, e tudo o que o Quimet me dizia entrava por uma orelha e saía pela outra, como se de orelha a orelha tivesse acabado de se formar um buraco.

Sentia a brasa dentro da cabeça, acesa e vermelha. Ervilha, bebedouros, comedouros, pombal e cestos com cocô de pombo, tudo fora! Escada de pedreiro, sisal, bola de enxofre, pombos romanos, olhinhos vermelhos e patas vermelhas, tudo fora! Rabo de pavão, tufo de penas, monge, filhotinhos e fllhotões, tudo fora! O sótão do terraço para mim, o alçapão tapado, as cadeiras dentro do sótão, a volta dos pombos interditada, o cesto da roupa no terraço, a roupa estendida no terraço. Os olhos redondos e os bicos pontudos, o furta-cor malva e o furta-cor cor de maçã, tudo fora! A mãe do Quimet, sem querer, tinha me dado a solução... E comecei a incomodar os pombos enquanto chocavam. Aproveitava quando as crianças dormiam depois do almoço e, então, subia para o terraço e atormentava os pombos. O desvão do terraço fervia como um forno, todo o sol da manhã se amontoava no teto e o fazia arder; e entre a febre dos pombos e o fedor da febre, aquilo era um inferno.

O pombo que chocava, quando me via perto, levantava a cabeça e esticava o pescoço, estendia as asas, protegia. Quando enfiava minha mão embaixo do seu peito queria bicá-la. Havia pombos que ficavam com as penas arrepiadas e não se mexiam, e havia outros que fugiam e, ansiosos, esperavam que eu fosse embora para voltar à chocadeira. Ovo de pombo é bonito, mais bonito que ovo de galinha, menor, mais ajeitado para caber na mão. Pegava os ovos do pombo que não fugia e passava pela frente do nariz dele, e o pombo, que não sabia o que era a mão, nem os ovos, nem nada de nada, punha a cabeça para a frente, abria o bico e queria me bicar. Pequenos e polidos, os ovos eram quentes, pois ficavam cobertos de penas e tinham cheiro de pena. Depois de alguns dias, muitas chocadeiras tinham sido abandonadas. E os ovos, quietos no meio de seu ninho de sisal, apodreciam. Apodreciam com o filhotinho dentro, ainda meio formado, tudo sangue e gema e o coração primeiro que tudo.

Depois ia para o apartamento e entrava no quartinho. Uma vez, um pombo saiu voando pelo buraco do alçapão, com um grito. E depois de um tempo pôs a cabeça no alçapão e me vigiava. Os romanos deixavam a chocadeira em um voo pesado e ficavam no chão muito preocupados. Os de rabo de pavão eram os que se defendiam mais. Dei um tempo por alguns dias, e era como se nada tivesse acontecido. Tinha de acabar com aquilo. E em vez de espantar os pombos para que se desinteressassem dos filhotes, passei a pegar os ovos deles e a sacudi-los com fúria. Achava que já tinham um filhote dentro. Que ia fazer a cabeça dele bater contra a casca do ovo e desmaiá-lo. Os pombos chocavam o filhote por dezoito dias; quando estavam na metade, eu sacudia os ovos. Quanto mais adiantados estavam na tarefa de chocar, mais ficavam irritados. Mais febre. Mais vontade de querer bicar. Quando enfiava a mão por baixo das penas quentes, a cabeça e o bico do pombo procuravam minha mão por entre suas penas, e, quando minha mão saía com os ovos, bicavam-na.

Foi uma fase de sono agitado. Dormia com o coração sobressaltado, como quando era pequena e meus pais brigavam e depois minha mãe ficava triste e sem reação, sentada pelos cantos. E acordava à meia-noite, como se puxassem minhas entranhas com um barbante, como se ainda tivesse o umbigo de nascença e me puxassem inteira pelo umbigo, e com aquele puxão fosse tudo embora: os olhos e as mãos e as unhas e os pés e o coração com o canal no meio com um grumo preto de sangue coagulado, e os dedos dos pés que viviam como se estivessem mortos: era igual. Tudo era sugado para o nada outra vez, pelo cordãozinho do umbigo que tinham feito secar amarrando-o. E em volta desse puxão que me levava embora havia uma nuvem de penas de pombo, fofa, para que ninguém pudesse perceber nada. Durou meses. Meses e meses dormindo mal e estragando os ovos dos pombos. Muitos chocavam à toa dois ou três dias além do tempo que deviam chocar, esperando.

E depois de alguns meses o Quimet começou a reclamar e dizer que os pombos não valiam nada, que só serviam para pegar sisal com o bico e fazer ninho, e no fim só água fedida. Tudo porque sim e pronto.

Tudo porque eu não aguentava mais, com as crianças trancadas, lavando louça naquela casa onde ninguém prestava para nada, só para enfiar colheradas cheias de comidas na boca, com um menino que saíra magricela de tanto que tinham ensaiado para fazê-lo... E ainda, no terraço, tinha pombo que continuava arrulhando.

XXVI

E enquanto me dedicava à grande revolução com os pombos aconteceu o que aconteceu, como uma coisa que era para ser muito curta. Naquele momento, estávamos sem gás. Ou seja, ele não subia para o apartamento e na casa dos meus patrões não descia para o porão. No primeiro dia tivemos de preparar o almoço na área com um fogão de terra batida e grelhas de ferro preto, e com carvão de carvalho, que eu tive de buscar; pernas, ajudem-me.

— É o último — disse a carvoeira, porque seu marido tinha ido para a rua. O Quimet também corria pelas ruas e todo dia ia para a rua, e eu sempre pensava que um dia não voltaria a vê-lo. Ele se vestiu com um macacão azul e, depois de alguns dias de fumaça e de igrejas soltando fagulhas, apareceu na minha frente com um cinto com revólver e uma espingarda de dois canos dependurada no ombro. E fazia calor, muito calor, a roupa grudava nas costas e os lençóis grudavam pelo corpo todo e as pessoas andavam apavoradas. A mercearia embaixo de casa ficou vazia em poucos dias e todo mundo falava da mesma coisa, e uma senhora disse que isso já era esperado havia tempos e que essas coisas de um povo em armas sempre aconteciam no verão, que é quando o sangue ferve mais depressa. E que a África devia ter afundado.

Um dia, era a hora em que entregavam o leite Sila, e não o trouxeram. E os patrões estavam todos sentados na sala esperando que chegasse o leite Sila. E ao meio-dia bateram na porta principal e me disseram para atender, e o senhor do jaleco atrás de mim. Eram o homem e o carrinho do leite Sila. Abri o portão e o homem me deu os dois saquinhos encerados, e eu peguei. E o senhor do jaleco disse, já viu o que está acontecendo, hein, o que você acha? Será que eles não veem que sem os ricos os pobres estão acabados?

E o homem do leite Sila abaixou a tampa e disse ao senhor se queria fazer o favor de pagar, era pago por semana, porque não sabia se no dia seguinte poderia trazer-lhes mais leite. A senhora subiu e ouviu a conversa e perguntou o que tinham feito com as vacas, e disse que ela achava que as vacas não faziam a revolução, e o homem do leite Sila disse, não senhora, acho que não... mas todo mundo anda pelas ruas e nós vamos fechar. E como é que a gente vai fazer sem leite?, disse a senhora. E o senhor se intrometeu e disse, quando os operários querem ser patrões, não sabem o que fazer. Você quer a revolução?, perguntou o senhor. Não, senhor, disse o homem do leite Sila.

E já ia empurrando de novo o carrinho sem lembrar que ainda não tinha recebido e o senhor o fez parar e pagou, e disse que já se via que ele era uma boa pessoa apesar de ser um trabalhador, e o homem do leite Sila disse, já estou velho... E empurrou o carrinho e foi embora bater nas casas para terminar de distribuir os últimos saquinhos. Fechei o portão e ao pé da escada de pinho nos aguardava a filha da casa, e a senhora, que era mãe dela, disse-lhe, parece que amanhã não vai ter mais leite. E a filha disse, e como vamos fazer?

Quando chegamos à sala sentamos todos e o senhor me explicou que toda noite ouvia o rádio de galena e que logo tudo se ajeitaria, porque já estavam avançando. E no dia seguinte, assim que tirei a corrente da porta e pus o pé no primeiro degrau coberto de flores de jasmim tenras e secas, vi a senhora me esperando ao lado da mimosa. Tinha o rosto borrifado de gotinhas de suor e logo desabafou comigo.

— Ontem à noitinha queriam matar meu marido.

— Quem? — perguntei, e ela disse, vamos para a sala que lá está mais fresquinho.

E disse, assim que sentamos nas poltronas de vime, ontem, às oito da noite, na hora em que meu marido chega do escritório, nós o ouvimos gritando da antessala, subam! Subam! Subi. Atrás dele tinha um miliciano que apontava uma espingarda contra suas costas.

— Por quê? — disse eu.

— Espere um pouco — disse a senhora, rindo. — Ele confundiu meu marido com um padre... como ele não tem nenhum fio de cabelo na cabeça... o miliciano pensou que tivesse raspado o cabelo para se disfarçar e o trouxe assim, desde a Travessera, com a espingarda atrás e meu marido na frente. E o miliciano disse que ele estava detido, e o trabalho que meu marido teve para convencê-lo a ir até em casa, para lhe mostrar a família...

Por um instante, fiquei vermelha, porque tive medo de que o miliciano fosse o Quimet, que tivesse se animado e passado da conta, mas logo lembrei que a senhora já o conhecia. Mas tive um instante de pânico. E a senhora contou que disse ao miliciano, vinte e dois anos de casada. E o miliciano foi embora se desculpando e, de noite, todos ficaram grudados no rádio de galena e o genro da senhora, o senhor do jaleco, que não emprestava o fone de ouvido para ninguém, enquanto ouvia fazia uma cara muito preocupada e falou que, naquela noite, não conseguia ouvir nada.

Dois dias depois da brincadeira do miliciano, às três da tarde, bateram no portão. A senhora foi abrir e disse que, assim que desceu os degraus de mármore da entrada principal, ficou apavorada e o coração dela ficou apertado, porque pelo vidro opaco das bolhinhas viu um grupo de muitas pessoas e sombras de paus erguidos, que eram os canos das espingardas.

Ela abriu, e entraram cinco milicianos e um senhor e uma senhora, que ela conhecia, e que eram proprietários de

um sobrado no Carrer de Provença. Parece que o senhor do jaleco havia alguns anos fizera uma hipoteca sobre aquele sobrado e, como aquele senhor e aquela senhora não lhe pagavam os juros, tinha ficado com o sobrado e já era dele. E o senhor e a senhora queriam que o sobrado voltasse a ser deles, e todos se enfiaram no salão da arca de santa Eulália, e o senhor subiu e em seguida um dos milicianos, muito bem plantado no chão e muito magro, o fez sentar diante da mesa e apontou-lhe o cano de um parabélum atrás da orelha e mandou que ele assinasse um papel dizendo que devolvia o sobrado àqueles senhores que eram os proprietários. Que ele lhes tinha roubado o sobrado. E que se eles não tinham como pagar os juros da hipoteca era porque ele cobrava doze por cento, e que se não recebia que fizesse o favor de esperar. E o miliciano dizia, faça logo o papel dizendo que devolve o sobrado a esses senhores, que é tudo o que eles têm.

E o senhor, contou a senhora, estava quieto como uma ratazana, com o cano na orelha que não lhe deixava mexer a cabeça, sem falar nada, e o miliciano já estava cansando de não o ouvir falar, e depois de um tempo o senhor começou a dizer pouco a pouco e baixinho que aqueles senhores não tinham razão, que ele havia feito as coisas dentro da lei, e os senhores disseram ao miliciano, não deixe ele falar porque se falar irá convencê-lo. É capaz de convencer até Deus Nosso Senhor.

E disse que o miliciano lhe desferiu um golpe com o cano da arma e disse, escreva! E o senhor voltou a ficar que nem estátua. E, de tão cansados todos, ninguém falava nada; e o senhor, quando conseguiu deixar todos entediados, começou a falar e os convenceu, mas o levaram para o comitê. E às dez da noite ele voltou. Falou que todos os revolucionários tinham dito que ele estava com a razão, mas que, antes de dizer que ele tinha razão, ficaram um tempão passeando com ele de carro, e que atrás do carro levavam garrafas cheias de álcool para queimá-lo em um lugar ermo. E disse que havia representado tão bem que os do comitê tinham feito um escândalo com os senhores que não tinham casa, porque os haviam feito perder tempo e eles não tinham tempo a perder. E enquanto a senhora me explicava tudo isso, descia pelas minhas costas uma gota de suor, como uma serpente viva. No dia seguinte, outro sarau. A senhora me esperava ao pé dos degraus embaixo do jasmim queimado de calor e me disse, ontem à meia-noite a gente achou que não ia escapar vivo.

Tinham vindo fazer uma revista porque uns inquilinos que pintavam lenços de seda com pistola em uma garagem que lhes havia alugado o seu genro, porque os outros inquilinos, os da casa, que também era dele, não tinham carro, os haviam denunciado. Mas, como os da revista só encontraram tranqueiras nas gavetas e nos armários, depois de terem feito a revista foram embora. E a senhora me disse: o que aqueles inquilinos queriam era que os milicianos nos pegassem, nos colocassem para morar na garagem deles, para eles virem morar na nossa casa. O que você acha desse estado atual do mundo?

Ficou muito difícil encontrar ervilha, e os pombos começaram a ir embora.

XXVII

A dona Enriqueta dizia que tudo aquilo tinha passado da medida, que tinham acabado com o negócio dela. Tudo por água abaixo. E vamos ver o que ia acontecer com o que ela tinha no banco. Foi vender botões e ligas para meia de homem, no chão, no Carrer de Pelayo. Via o Quimet pouquíssimo, a muito custo de vez em quando ele vinha dormir. Um dia me falou que a coisa estava ficando preta e que teria de ir para o *front* de Aragão. E disse que tinham conseguido salvar monsenhor Joan. E que o monsenhor Joan, com as roupas do Mateu e com um caminhão que o Cintet arranjara, tinha atravessado a fronteira. Toma, disse ele, e me deu duas moedas de ouro, e falou que eram presente de monsenhor Joan para mim e para as crianças, que talvez a gente fosse precisar mais do que ele, porque ele, seja lá onde fosse parar, Deus o ajudaria e não deixaria que morresse enquanto não fosse a sua hora. E guardei as duas moedas e o Quimet acrescentou que não deixasse meus patrões, que como fazia muito tempo que eu trabalhava para eles sempre poderiam me tirar de algum apuro, e que mesmo que a coisa ficasse preta ia terminar logo, e que não havia outro remédio a não ser passar pelo caminho mais estreito. E disse, parece que a Griselda está com um cara muito importante e não quer nem saber do Mateu... Desgraças.

Ele foi para o *front* de Aragão e eu fui me virando como sempre. Se começava a pensar, me via rodeada de poços e a ponto de cair em qualquer um deles. Até que veio o discurso do senhor do jaleco, um dia à uma hora, antes de eu ir para casa.

— Estamos muito contentes com você, sempre que quiser pode vir nos visitar. Mas acontece que nos tiraram tudo e ficamos sem os aluguéis. Ficamos sabendo que seu marido está bem metido nessa história e com pessoas assim a gente

não gosta de ter muito contato, compreende? A gente ouve toda noite o rádio de galena e é o que todos vocês deveriam fazer, para perceber que são uns ignorantes e vivem no mundo da lua. Em vez de ficar agitando bandeiras, era melhor que fizessem bandagens, porque vão receber tanta pancada que não vai sobrar um braço inteiro nem uma perna. E enquanto me dizia isso andava para cima e para baixo da sala e, de vez em quando, passava a mão no gogó. E continuou, ainda; não pense que tenho alguma reclamação da senhora... é que não podemos pagá-la. Desde o primeiro dia estou falando que sem os ricos os pobres não podem viver, e que todos esses automóveis em que passeiam os serralheiros e os pedreiros, os cozinheiros e os carregadores, eles terão de devolvê-los com muito sangue.

E terminou assim. Foi aparar a mimosa da cascata que crescia para cima como um verme e entortava. Antes de ir embora a senhora me disse que a firma em que o marido dela trabalhava havia trinta anos tinha passado para a mão dos funcionários, e que o marido dela tinha participação nisso. E ainda me falou, sempre que quiser, já sabe...

Na hora do almoço, como se tivessem saído do apartamento de baixo, apareceram o Quimet e o Cintet, e o Cintet me contou que era dono de um canhão e que, com ele, ia de um lado para o outro. Tinham vindo do *front* para me ver e me trazer comida e foram embora logo. O Quimet, antes de ir embora, como as crianças dormiam, foi dar-lhes um beijo, na ponta dos pés, para não as acordar. Naquele mesmo dia, veio o Mateu, também de macacão e fuzil. Muito preocupado. Contei que o Quimet tinha estado em casa havia poucas horas, junto com o Cintet, que disse que teria gostado muito de vê-los... O sol acendia e apagava, e a sala ficava tanto amarela como branca. O Mateu deixou o fuzil em cima da mesa e, muito triste, disse, está vendo em que situação temos de nos ver, nós, homens de paz...

E estava muito preocupado, tão preocupado ou mais que o Quimet e o Cintet e eu mesma. E falou que ele na vida só vivia para duas coisas: para o trabalho e para a família, para a Griselda e a menina. E que vinha se despedir porque ia para o *front* e que talvez Deus o enviasse para o *front* para fazê-lo morrer logo, porque sem a menina e sem a Griselda não se via com ânimo para viver. Ficou um tempo, às vezes falando, às vezes calado. As crianças acordaram, apareceram e, depois de cumprimentá-lo, foram jogar bola de gude na área, no meio de um raio de sol que desapareceu e depois voltou. E então, entre um acender e um apagar de sol, disse que queria me pedir para lhe dar alguma coisa que lhe servisse de lembrança, porque eu era a única pessoa que ele tinha no mundo. Fiquei pensando, porque não me passava nada pela cabeça que pudesse servir de lembrança. E vi o raminho de buxo, que tinha ficado velho no armário envidraçado, e a fitinha vermelha que o amarrava. Peguei o raminho de buxo, desamarrei a fitinha e dei para ele, que logo tirou a carteira e a guardou dentro. E de um canto de não sei onde me veio vontade de perguntar-lhe uma coisa que nunca tinha encontrado um momento para lhe perguntar... se sabia quem era a Maria... Que o Quimet, às vezes, tinha mencionado seu nome... E me disse que tinha certeza de que o Quimet jamais conhecera uma moça chamada Maria. Nunca.

Disse que ia embora e chamou as crianças e as beijou na testa, e quando estávamos junto à porta, na hora em que eu ia abri-la, com a mão ele a fechou, contra a minha mão que a abria, e disse que antes de ir embora queria me dizer uma coisa: que o Quimet não sabia que sorte tinha de ter uma mulher como eu, e que dizia isso em uma hora em que poderia ser que nunca mais nos víssemos, para que me lembrasse sempre disso... do respeito e do afeto que tinha por mim desde o primeiro dia que viera para fazer nossa cozinha. E eu, para disfarçar, perguntei por que estava indo embora, que ficasse, que a Griselda no fim das contas era uma boa moça e ia perceber o disparate que fizera, e ele me disse, não tem mais jeito, e tem essa coisa da Griselda, mas tem ainda uma coisa mais importante do que isso tudo, porque é uma coisa de todos e se a gente perder vão nos apagar do mapa. Foi embora mais triste do que quando entrara. Demorei muito para ver de novo o Quimet e, graças a dona Enriqueta, arrumei trabalho de limpeza na prefeitura.

XXVIII

Éramos uma turma, a turma da limpeza. Quando me enfiava na cama, punha a mão na coluna que eu havia quebrado quando o Antoni nasceu e que o Quimet trocara reclamando, e mexia nas flores da colcha de crochê que sobressaíam, e tocando a coluna e as flores me parecia, no escuro, que tudo estava igual, que no dia seguinte eu me levantaria para preparar o café para o Quimet, que num domingo a gente iria ver a mãe dele, que o menino estava trancado e chorando no quartinho onde tínhamos colocado os pombos e que a coitadinha da Rita ainda ia nascer... E se ia mais longe pensava no tempo em que vendia doces, naquela loja tão cheia de vidro e de espelhos, tão perfumada, e que tinha um vestido branco para vestir e podia passear pelas ruas...

E quando imaginava que nunca mais veria o Quimet porque tinha ido para a guerra, ele chegou em um domingo, sujo de poeira e carregado de comida. Deixou os pacotes em cima da mesa e o revólver e a espingarda. Disse que precisavam de colchões e levou embora dois: o do menino, que disse que poderia dormir comigo, e o da minha cama de solteira, de latão. Disse que estavam muito bem entrincheirados e que às vezes conversavam com os do outro lado de trincheira a trincheira, mas que se um se distraía e punha a cabeça para fora lhe disparavam um tiro e o deixavam estendido no chão. Disse que não lhes faltava comida e que todo mundo os ajudava, e que todos estavam do lado deles e que havia muita gente do campo que se juntava a eles para engrossar as fileiras, mas que, quando tinham de regar as hortas ou dar de comer aos animais, então eles os deixavam ir embora, e depois todos voltavam. Que passavam dias e dias em um grande tédio e sem disparos, sem conversar com os da frente, o tempo inteiro dormindo, e que de tanto dormir estava sempre alerta, e passava as noites olhando as nuvens e as estrelas, e que nunca teria imaginado que tivesse tanta estrela e de tantos tamanhos, sempre fechado na oficina fazendo móveis e mais móveis. O Antoni queria saber mais coisas e sentava no colo dele e pedia que o ensinasse a disparar o revólver, e o Quimet lhe dizia que a guerra que ele lutava não era guerra e que seria a última. O Antoni e a Rita estavam como apaixonados pelo pai deles e ele disse que no próximo domingo lhes traria brinquedos e bonequinhos típicos de Aragão. Almoçamos muito bem e depois ele teve de procurar cordas para amarrar os colchões e foi até a casa do merceeiro, que não estava muito contente com o Quimet porque ele me fazia comprar a ervilha dos pombos em outro lugar. Chamamos o merceeiro antes pela área de serviço, porque tinha a persiana de ferro abaixada. Logo lhe deu um pedaço muito comprido de corda, mais do que ele precisava, e lhe deu também sacos, e o Quimet disse que os sacos serviriam muito bem de escudo. Que tinha tido uma grande ideia com aqueles sacos, porque iriam enchê-los de terra, e serviriam muito bem.

— Olha, está vendo, se em vez de ter a idade que eu tenho — disse o merceeiro —, tivesse a sua juventude, iria para a guerra com você. Ainda mais agora que estou com a loja vazia, pelo menos teria como me distrair... No meu tempo, a guerra era de outro jeito. E você já deve saber como foi a grande guerra... gases asfixiantes e tudo. O Quimet disse que sabia bem como tinha sido a grande guerra, porque fizera a coleção de generais em figurinhas que vinham dentro do chocolate. — Mas do jeito que a juventude de agora faz a guerra, dá gosto... Afinal, essa guerra, depois de passada a primeira golfada de sangue ruim, é uma guerra que não pode ser uma guerra... volto a dizer que me agrada muito. Daqui a um mês, a paz. Tenho experiência. O que eu nunca aceitei são as passeatas e os piquetes e com isso de queimar igrejas, porque são coisas que acabam sendo malvistas... Mas do jeito que vocês fazem a guerra, repito que me agrada muito, e se quando você voltar eu tiver mais sacos, já sabe, é só dar um grito pela área de serviço. E o Quimet disse que voltaria na semana seguinte.

Contei para o Quimet o que tinha acontecido com os meus patrões e que estava trabalhando na prefeitura, e disse que talvez até tivesse sido bom, porque trabalhar para aqueles que dirigem a cidade talvez fosse até melhor. Olhou o quarto vazio de pombos e eu disse que talvez ainda restassem alguns pelo terraço: os mais velhos. Que se tornaram meio selvagens, por causa da fome, e que eu não os conseguia caçar nem pegar. Falou que não me preocupasse, que não tinha importância, porque a vida tinha mudado muito e ainda iria mudar mais para melhor, e que todos íamos desfrutar os resultados. Foi embora ao raiar do dia. Do lado em que nasce o sol tudo era vermelho sangue. A buzina do caminhão que vinha buscar o Quimet acordava até as pedras. Subiram dois milicianos para carregar os colchões e um daqueles milicianos disse para o Quimet que o Cintet desaparecera. Tinham ido buscá-lo, mas não o acharam, e o Quimet disse que não se preocupassem, que a culpa era dele, que não havia contado que o Cintet tivera de ir a Cartagena para buscar dinheiro e que com certeza não voltaria antes do meio da semana.

XXIX

Depois de exatos três dias que o Quimet foi embora apareceu o Cintet, com um macacão novo, muito empertigado, e todo cheio de correias entrecruzadas pelo peito e pelas costas e com um grande cesto de laranjas. Para as crianças, disse. Contou que tinha ido a Cartagena para buscar dinheiro e que o aviãozinho era muito velho, e que lá onde não havia gravidade o vento levantava uma placa do chão, e que antes de chegar perto da cidade o aviador disse que talvez não chegassem voando porque aquele aviãozinho era uma carroça, e na hora em que dizia que talvez não chegassem, zás!, entrou um passarinho pela fresta do chão, empurrado pelo vento ou sugado pelo vácuo, e distraídos com o passarinho, e o pondo para fora de novo, chegaram a Cartagena sem sofrimento. De uma mochila que ele ao entrar deixara em cima da mesa, tirou seis latas de leite e um pacote de café e perguntou se eu podia fazer um pouco de café, porque ele, do que sentia mais falta, naquele martírio da guerra, era não poder comer em prato de louça nem poder tomar café em xícara de porcelana, e disse que gostaria de tomar café naquelas xícaras de chocolate que tinham deixado o Quimet tão bravo; e rimos. Disse que me dava aqueles presentes como lembrança pelas horas e horas que tínhamos passado raspando papel juntos. Enquanto esquentava a água do café, disse que era muito triste que nós, que éramos gente de paz e de alegria, tivéssemos de nos ver metidos em um pedaço de história como aquele. E entre goles e goles ainda disse que a história era melhor lê-la nos livros do que escrevê-la com tiros de canhão. Eu ouvia muito admirada porque via um outro Cintet e fiquei pensando que a guerra mudava os homens. Depois que terminou de tomar o café, ainda falou da viagem a Cartagena no aviãozinho e disse que tinha sido uma coisa daquelas de contar para os netos, que embaixo

podiam ter tanto um campo de nuvens como o campo todo azul do mar, e disse que o mar, visto de cima, é de muitas cores e com correntes de água dentro da água, e que quando o passarinho entrou, teve de ficar em um canto, porque o vento era tão forte que além de levantar o piso levantava a ele e a tudo o mais. E que o passarinho tinha ficado meio morto de barriga para cima e esticava e encolhia os dedinhos das patas e que do lado do bico tinha a última saliva e os olhinhos meio fechados muito vidrados. E começamos a falar do Mateu. Disse que nem ele nem o Quimet se atreviam a dar conselhos ao Mateu, porque era um pouco mais velho que os dois, mas que assim que conheceram a Griselda logo disseram que era uma boneca e que o Mateu era velho demais para uma boneca. E que a Griselda só iria lhe dar dor de cabeça. Mas são coisas que têm de ser aprendidas a pauladas e não com conselhos. Perguntou ainda sobre os pombos. Eu falei que restavam poucos e que estavam muito selvagens. Contei que todo dia eu dava uma chocadeira para o lixeiro, porque se desse todas de uma vez o lixeiro não teria querido. Mostrei-lhe o quarto dos pombos, que já havia limpado faz tempo. Ainda tinha cheiro de pombo. Tinha fechado o alçapão, pelo lado do terraço, com latas velhas, e a escada estava deitada no chão. Disse, depois que a gente ganhar, vou pintar esse quartinho de cor-de-rosa. Perguntei-lhe quando voltaria e disse que talvez voltasse quando voltasse o Quimet. Desceu as escadas como um raio e enquanto descia ia dizendo, adeus, adeus... E fechou a porta da rua com uma batida bem forte. Voltei para a sala, sentei diante da mesa e, com a unha, fiquei tirando migalhas de pão antigas que estavam em uma fissura. E passei um tempo assim. Até que bateram na porta e fui abrir e era a dona Enriqueta com as crianças, que ficaram muito contentes com as laranjas.

XXX

Um dia, bem cedo, quando ia trabalhar, ouvi alguém me chamar de um carro que passava. Virei-me, o carro parou e, vestida de miliciana, saltou a Julieta, muito magra, com o rosto pálido, os olhos febris e cansados. Perguntou-me como estava e eu disse que muito bem, com o Quimet no *front* de Aragão; e falou que tinha muita coisa para me contar, se ainda morava no mesmo apartamento e que no domingo, se eu quisesse, ela gostaria de passar a tarde comigo. Contou-me, antes de voltar a subir no carro, que haviam matado o confeiteiro na Rabassada, nos primeiros dias da revolução, porque ele vivia uma grande confusão familiar, entre um sobrinho que protegia e outro sobrinho que não queria proteger porque era um sobrinho preguiçoso, e esse sobrinho parece que tinha mandado matá-lo como se fosse uma má pessoa e um traidor. E falou que estava apaixonada por um rapaz que também estava no *front*. E voltou para o automóvel e eu fui para o meu trabalho.

E chegou o domingo. Eu a estava esperando desde as três. A dona Enriqueta viera buscar as crianças e as levara para a casa dela porque uns conhecidos lhe tinham dado de presente algumas latas de doce de damasco e ela ia preparar um lanche. Eu disse que precisava ficar porque ia receber a visita da Julieta, que era encarregada de colônias de crianças refugiadas, que vinham de toda a Espanha. E a dona Enriqueta foi embora com as crianças, e a Julieta veio e logo me falou que tinha muito medo de que matassem o noivo dela, e que se ele morresse ela se atiraria no mar, porque estava muito apaixonada, e que tinham dormido uma noite juntos, sem que nada tivesse acontecido; e é por isso que estava tão apaixonada, porque era um rapaz tão bom e ela achava que ele gostava muito dela, como poucos sabem gostar. Eles tinham passado a noite juntos em uma casa desapropriada onde ele montava guarda porque não sei de que partido disse que era. Disse que chegou à entrada da casa ao anoitecer e era o mês de outubro, e que deu de cara, ao abrir o portão, que abriu empurrando com muita força porque a última chuva acumulara areia atrás, com um jardim cheio de heras e arbustos e ciprestes e grandes árvores, e o vento arrastava folhas de um lado para o outro e, de repente, zás!... uma folha no rosto como um morto que se levantasse. E a casa era toda rodeada de jardim, e entre as sombras e o ir e vir dos galhos, e a casa com todas as venezianas fechadas e aquele vento e as folhas passeando e voando, ela andava com o coração apertado. Ele disse que a esperaria no portão, mas se não estivesse lá, que entrasse logo no jardim porque era melhor que os vizinhos não a vissem. E ele demorou e ela plantada ali enquanto ia ficando escuro e mais escuro, e os ciprestes, tremulando sem parar, balançavam como a sombra de muitos mortos amontoados, os ciprestes pretos, que são árvores de cemitério. Quando ele chegou, disse que ficou ainda mais assustada porque não via o rosto dele, não sabia se era ele. E logo entraram na casa e a percorreram com uma lanterninha, e tinha cheiro de casa abandonada, e os passos ecoavam como se outras pessoas também caminhassem por outros quartos, e ela pensava que talvez fossem as almas dos donos daquela casa, que tinham sido postos para fora sem que ficasse nenhum para contar a história, e isso a apavorava. Era uma casa de cômodos grandes e cortinas e sacadas amplas e tetos muito altos, e uma sala com paredes espelhadas que mostravam os dois de frente e de costas e de lado, e as sombras deles também dançavam e a luz da lanterninha estava por toda parte em volta dela, e o galho de uma árvore, flique, flaque, batia nos vidros, esfregava neles, conforme o vento quisesse que os esfregasse ou batesse neles. Encontraram um armário cheio de vestidos de noite e de casacos de pele, e ela disse que não resistiu e colocou um daqueles vestidos, um preto com tules que voavam como uma nuvem e rosas amarelas no peito e na saia, e ia com os ombros descobertos, e disse que ele a olhava sem nem se atrever a falar, e então foram até uma galeria coberta, cheia de sofás e almofadas, e deitaram e se abraçaram e ouviam o vento que sacudia as folhas e movia os galhos, e passaram a noite assim: entre acordados e adormecidos, sozinhos no mundo, e a guerra e o perigo por perto, e a lua apareceu e riscava tudo de branco por entre as ripas das venezianas. Parecia a primeira e a última noite de tudo e fugiram antes que fosse dia, e o jardim inteiro era uma luta de galhos e de vento, e as heras que pendiam era como se fossem vivas, e iam na direção deles e lhes procuravam o rosto, e ela levou embora aquele vestido porque pensou que não era roubar se os donos estavam mortos, e o tinha guardado em uma caixa e, quando ficava com muita saudade, punha o vestido por um tempo e fechava os olhos, e voltava a ouvir o vento daquele jardim que não era como o vento de nenhum outro lugar. E contou que o noivo era alto e magro e com olhos pretos e brilhantes como carvão de antracito. E que tinha os lábios feitos para falar baixinho e dar tranquilidade. E que ela, só de lhe sentir a voz passando pelos lábios, via o mundo diferente. Se eles matarem meu noivo, disse. Se eles matarem meu noivo... Eu disse que teria gostado muito de passar uma noite como a que ela passara, tão apaixonada, mas que estava ocupada limpando escritórios e tirando o pó e cuidando de crianças, e que todas as coisas bonitas da vida, como agora o vento e as heras e os ciprestes furando o ar e as folhas de um jardim indo de um lado para o outro, não tinham sido feitas para mim. Que tudo tinha terminado para mim e que só esperava encontrar tristeza e problemas. Ela me animou, disse que não me preocupasse porque o mundo ia melhorar e que todo mundo poderia ser feliz, porque a gente viera para a terra para ser feliz e não para sofrer sem parar. E que ela, sem a revolução, pobre e trabalhadora como era, nunca poderia ter tido uma noite de rico e de amor como a que tivera. Aconteça o que acontecer, pela vida inteira eu vou ter aquela noite!, com o medo e tudo, e as folhas e as heras e a lua riscada e o meu noivo...

Quando contei para a dona Enriqueta ela ficou muito zangada e disse que essas moças da revolução eram todas sem-vergonha, que onde já se viu passar uma noite em uma casa, onde talvez tivessem matado os donos, sozinha com um rapaz e experimentando vestidos de senhora para deixar o rapaz excitado e acabar roubando-os. Disse que eram coisas que não se devia fazer nem de brincadeira. E contou que os meninos tinham comido muito doce e, enquanto me explicava isso, eles estavam trepados em uma cadeira diante do quadro das lagostas com cabeça de gente, que saíam daquele poço tão cheio de fumaça. O trabalho que tive para tirá-las de lá não foi pouco. E quando íamos pela rua, os três, eu no meio e um filho de cada lado, sem saber o porquê, subiu-me uma golfada de tristeza quente lá de dentro, que me ficou entalada na garganta. E em vez de pensar no jardim e nas heras e nas riscas da lua, pus-me a pensar na prefeitura, e boa noite.

XXXI

Todas as luzes eram azuis. Parecia o país das fadas e era bonito. Assim que terminava o dia, tudo ficava azul. Tinham pintado de azul os vidros das luminárias altas e os vidros das luminárias baixas, e nas janelas das casas, escuras, quando se via um pouco de luz, não demoravam os apitos. E quando bombardearam a partir do mar, meu pai morreu. Não por culpa de nenhuma bomba do bombardeio, mas porque, com o susto, o coração dele parou e ele se foi. Eu custava a me dar conta de que ele tinha morrido, porque já fazia tempo que era como se estivesse meio morto... como se não fosse nada meu nem nada que eu pudesse querer como meu, como se quando minha mãe morreu meu pai também tivesse morrido. A mulher do meu pai veio me avisar que ele tinha morrido e ver se podia ajudá-la com alguma coisa para pagar o enterro. Fiz o que pude, que não era muito, e quando ela foi embora, por um momento, só um momento, em pé no meio da minha sala, vi-me pequena com um laço branco na cabeça, ao lado do meu pai, que me dava a mão, e andávamos por ruas com jardins e sempre passávamos por uma rua de sobrados onde havia um cachorro que, quando a gente passava, se atirava contra o portão e latia; por um momento me pareceu que voltava a gostar do meu pai ou me pareceu que, lá longe, tinha gostado dele. Fui até o velório e só pude velá-lo duas horas, porque no dia seguinte tinha de acordar cedo para ir limpar escritórios. E a mulher do meu pai pode-se dizer que não a vi nunca mais. Eu trouxe comigo um retrato do meu pai que minha mãe levara a vida toda em um medalhão e o mostrei às crianças. E elas mal sabiam quem era.

Fazia tempo que não sabia nada do Quimet nem do Cintet nem do Mateu, quando num domingo me apareceu o Quimet com sete milicianos, carregado de comida e de miséria. Sujo e abandonado e todos os outros a mesma coisa. Os sete foram embora e disseram que viriam no dia seguinte ao raiar do dia para buscá-lo. O Quimet me contou que no *front* eles comiam pouco porque a organização falhava e que estava tuberculoso. Perguntei se fora o médico que lhe dissera isso e me falou que não precisava ir ao médico para saber que tinha os pulmões cheios de cavernas e que não queria dar nenhum beijo nas crianças para não lhes passar micróbios. Perguntei se tinha cura e disse que na idade dele, quando acontecia uma brincadeira de mau gosto como essa, você já podia contar que seria para a vida toda, que as cavernas vão afundando e quando você tem o pulmão que nem um coador, com o sangue que anda perdido e sai pela boca porque não sabe onde se enfiar, então você já pode ir preparando o caixão. E disse que eu não imaginava a sorte que eu tinha de ter tanta saúde... Contei que os pombos tinham fugido e que só ficara um daqueles das pintinhas escuras, magro como um prego, que sempre voltava... E ele disse que se não fosse a guerra teria agora uma casinha e a torre dos pombos cheia de chocadeiras, mas acrescentou que tudo se ajeitaria e que, na volta, tinha passado por muitas casas no campo onde os tinham enchido de comida. Ficou três dias em casa, porque no dia seguinte os sete milicianos vieram dizer que os haviam mandado ficar. E nos três dias que esteve em casa o Quimet não parava de dizer que em nenhum lugar do mundo a gente estava tão bem como em casa, e que quando terminasse a guerra se enfiaria dentro de casa como um cupim dentro da madeira e que ninguém o tiraria dali nunca mais. E enquanto falava enfiava a unha na fissura da mesa e fazia saltar as crostas de pão que tinham caído ali, e estranhei muito que fizesse uma coisa que eu fazia às vezes e que ele nunca tinha visto eu fazer.

Os poucos dias que esteve conosco dormia depois de almoçar, e as crianças iam para a cama dele e dormiam com ele, porque, como o viam pouco, ficavam o tempo todo grudados. Eu me sentia mal por ter de deixá-los toda manhã para ir limpar escritórios. O Quimet falou que aquilo das luzes azuis o deixava de mau humor e que se algum dia pudesse mandar faria pintar todas as luzes de vermelho, como se o país inteiro tivesse sarampo, porque ele, disse, também era bom de fazer brincadeiras. E que isso das luzes azuis era uma coisa que não servia para nada; que se eles quisessem bombardear bombardeariam ainda que as luzes fossem pintadas de preto. Notei que tinha os olhos muito afundados, como se alguém os tivesse empurrado para acabar de enfiá-los para dentro. Quando foi embora me abraçou muito forte e as crianças o cobriram de beijos e o acompanharam até lá embaixo da escada, e eu também, e quando a gente subiu, quando estava entre o patamar do primeiro andar e o meu, parei e passei o dedo pelos pratinhos da balança da parede, e a menina me disse que a bochecha dela doía porque a cara do pai pinicava.

A dona Enriqueta veio me ver, porque quando sabia que o Quimet estava em casa não aparecia para não perturbar, e falou que era questão de poucas semanas, que a coisa para nós estava perdida. Disse que quando eles tinham se juntado já era como se para nós a coisa estivesse perdida e eles tivessem ganhado, e que só bastava um empurrão. E disse que sofria muito por nossa causa, porque se o Quimet tivesse ficado sossegado não aconteceria nada com a gente, mas do jeito que ele havia se comprometido, sabe-se lá como ia terminar. O que a dona Enriqueta me falou eu contei para o merceeiro de baixo e ele disse que não confiasse em ninguém. E contei para a dona Enriqueta que o merceeiro de baixo tinha me dito para não confiar em ninguém e ela me disse que o merceeiro de baixo rezava novenas para que a gente perdesse, porque com a guerra vendia pouco, mesmo que vendesse um pouco escondido, e caro, além do racionamento. Que o merceeiro de baixo só queria a paz porque vender escondido o fazia viver sobressaltado e que para ele a questão era terminar do jeito que fosse, mas terminar. O merceeiro de baixo me dizia que a dona Enriqueta só vivia pensando nos reis. E a Julieta voltou a aparecer e disse que os velhos eram os que atrapalhavam, que todos pensavam ao contrário e que a juventude queria uma vida saudável. E disse que vida saudável, para um certo tipo de gente, é algo malvisto, e que se você quer uma vida saudável eles se atiram em cima de você que nem ratazanas envenenadas, fazem você ser detido e enfiado na prisão.

Falei das crianças e contei que cada dia comiam menos e que não sabia o que fazer, e que se mudassem o Quimet de

front, como ele dissera que talvez fosse acontecer, eu o veria menos ainda e ele não poderia me trazer as poucas provisões que nos trazia e que nos ajudavam muito. Ela falou que poderia arranjar que o menino ficasse em uma colônia, que a menina ela não me aconselhava porque era menina, mas que para o menino ia ser até bom lidar com outros meninos e que isso o prepararia muito para a vida. E o menino, que nos ouvia, grudado na minha saia, disse que não queria sair de casa mesmo que não tivesse o que comer... Mas encontrar comida começou a ficar tão difícil para mim que disse a ele que não havia outro jeito, que seria só por um tempinho e que ele ia até gostar de poder brincar com meninos como ele. Tinha duas bocas abertas em casa e não tinha nada para enchê-las. Passamos uma época tão triste que nem dá para explicar: a gente ia cedo para a cama para não perceber tanto que não havia janta. No domingo não levantávamos
cedo para não sentir tanta fome. E, em um caminhão que a Julieta mandou vir, fomos levar o menino até a colônia, depois de tê-lo convencido com boas palavras. Mas ele percebia que estava sendo enganado. Percebia que eu o enganava. E quando falávamos de levá-lo para a colônia, antes de levá-lo, baixava a cabeça e não abria a boca, como se nós, adultos, não existíssemos. A dona Enriqueta prometeu que iria visitá-lo. Eu disse que iria todo domingo. O caminhão saiu de Barcelona com a gente em cima e uma malinha de papelão amarrada com um barbante e subiu pela estrada branca que levava ao engano.

XXXII

 Subimos por uma escadinha de pedra, muito estreita, com os degraus muito altos, entre paredes e com teto, e saímos em um terraço repleto de crianças. Estavam com a cabeça raspada, todos tinham a cabeça cheia de galos e só se viam seus olhos. Gritavam e corriam e, ao nos verem, foram ficando calados, primeiro uns, depois os outros, e nos olhavam como se nunca tivessem visto gente na vida. Uma professora novinha se aproximou e nos fez entrar em um escritório, e tivemos de atravessar o terraço inteiro e passar pelo meio das crianças. A professora pediu que explicássemos o caso, e a Julieta lhe mostrou um papel e disse que, então, eu não tinha comida e que queria deixar o menino ali porque ali, pelo menos, comeria. A professora olhou para ele e lhe perguntou se queria ficar; o menino, nem meia palavra; então ela me olhou e eu olhei para ela e disse que tínhamos feito a viagem para trazer o menino até a colônia e que, já que a gente o trouxera, ele tinha que ficar; e a professora disse, olhando-me bem fixo, mas com um olhar doce, que todas aquelas crianças acabavam de chegar e que talvez meu menino não se acostumasse naquela casa. Voltou a olhar para ele e percebi bem que o olhava e o percebia como era: uma flor. Tanto que me fizera sofrer nos primeiros meses de vida e parecia mentira como tinha virado uma preciosidade, e com uma onda de cabelos em cima da testa, brilhantes como água negra, e uns cílios de artista. E a pele de cetim: os dois. Tanto o Antoni como a Rita. Não estavam como antes da guerra, é claro, mas ainda eram bonitos. E disse que o deixava, e eu e a Julieta começamos a andar em direção à porta e então o menino se atirou em cima de mim como uma serpente desesperada, e chorando de derramar lágrimas gritava que não o abandonasse, que queria ficar em casa, que não gostava de colônias, que não o deixasse e que não o deixasse e que não o deixasse. E eu tive que fazer das tripas coração e o afastei e disse que não fizesse mais cena, porque não ia adiantar nada, que ele tinha que ficar e que ficaria. Que lá ia estar muito bem e que logo arranjaria amigos e brincaria com os outros meninos, e ele disse que já os tinha visto, que todos eram maus e que iriam bater nele, e que não queria ficar. A Julieta já amolecia, e eu, dura. E a professora tinha gotinhas de suor na testa, e a Rita, de mão dada com a Julieta, disse que queria o Antoni. Então me agachei na frente do menino e lhe expliquei muito claramente que não era possível, que a gente não tinha o que comer, que se ele ficasse em casa morreríamos todos. Que ficaria ali pouco tempo, o tempo que as coisas levassem para melhorar, e que iam melhorar logo, logo... E ele, com o olhar baixo, a boca apertada e as mãos para baixo, e quando eu já achava que o tinha convencido e começávamos a ir embora, fez a mesma coisa. Correu para mim e grudou na minha saia e não me deixa, não me deixa, que eu vou morrer e todo mundo vai bater em mim, e eu disse que não iria morrer coisa nenhuma e que ninguém ia bater nele, e saímos meio fugidas, eu arrastando a menina e a Julieta na frente, e atravessamos aquela nuvem de crianças rapadas e antes de descer a escada me virei para olhar e o vi em pé, do outro lado do terraço, de mão dada com a professora, sem chorar e com cara de velho.

A Julieta disse que ela não teria conseguido e o motorista, que era amigo da Julieta, perguntou como tinha sido e eu expliquei, e voltamos para Barcelona sem conversar, como se todos juntos tivéssemos feito uma coisa feia. No meio do caminho começou a chover e o limpador ia de um lado para o outro, limpa que limpa, e como um rio de lágrimas a água descia pelo vidro.

A dona Enriqueta ia ver o menino todo domingo e quando voltava sempre dizia bem... bem... Eu não tinha tempo de ir. A Rita agora podia comer um pouco mais, mas via-se em seus olhos a saudade que tinha do Antoni, e tampouco conversava. Quando eu voltava para casa, sempre a encontrava onde a tinha deixado. Se já estava escuro, ao pé da sacada. Se as sirenes tivessem soado, junto à porta do apartamento, com os lábios tremendo, mas sem dizer nada. Como um tapa na cara. Como dez tapas na cara. Até que um miliciano bateu à porta para me dizer que o Cintet e o Quimet tinham morrido como homens. E me deu tudo o que restara do Quimet: o relógio.

E subi até o terraço para respirar. Encostei na varanda do lado da rua e fiquei lá quieta um tempo. Ventava. Os varais, enferrujados por falta de uso, balançavam, e a porta do sótão, pam, pam... Fui fechá-la. E dentro, no fundo, de barriga para cima, tinha um pombo, aquele das pintinhas. Estava com as penas do pescoço molhadas pelo suor da morte, os olhinhos cheios de remela. Ossos e penas. Encostei a mão nas suas patas, só passando o dedo por cima, dobradas para dentro, com os dedinhos em gancho. Já estava frio. E o deixei ali, que tinha sido sua casa. E fechei a porta. E voltei para o apartamento.

XXXIII

 Quando ouvia alguém falar: essa pessoa é feita de cortiça, não sabia o que queria dizer. Para mim, cortiça era rolha. Se não entrasse na garrafa, depois de destampá-la, eu a afinava com uma faca como se apontasse um lápis. E a cortiça rangia. E era difícil de cortar porque não era nem dura nem mole. E por último entendi o que as pessoas queriam dizer quando falavam essa pessoa é de cortiça... porque eu tinha virado uma pessoa assim. Não porque fosse de cortiça, mas porque tive de me fazer de insensível, como cortiça. E com o coração de neve. Tive de me fazer de cortiça para poder seguir em frente, porque se em vez de ser de cortiça com coração de neve tivesse continuado como antes, de carne que dói quando a gente se belisca, não teria conseguido atravessar uma ponte tão alta e tão estreita e tão comprida. Enfiei o relógio em uma gaveta e pensei que ficaria para o Antoni quando crescesse. E não queria pensar que o Quimet estava morto. Queria pensar que era como sempre, que ele estava na guerra e que quando terminasse a guerra voltaria com a dor na perna e todo cheio de buracos por dentro dos pulmões, e que o Cintet viria nos visitar com os olhos saltados para fora do rosto, aqueles olhos encantados de tão quietos, e com a boca torta. À noite, se acordava, sentia que por dentro estava como uma casa quando chegam os homens da mudança e tiram tudo do lugar. Era assim que me sentia por dentro: com armários na antessala e cadeiras de pés para o ar e xícaras pelo chão prontas para serem embrulhadas com papel e enfiadas em uma caixa com palha, e o estrado e a cama desarmada encostada na parede e tudo bagunçado. Guardei luto do jeito que deu, porque pelo Quimet eu respeitava o luto, pois não o respeitara pelo meu pai com a desculpa de que tudo estava muito virado de cabeça para baixo para pensar em lutos e coisas assim. E ia pelas ruas, sujas e tristes de dia, escuras e azuis de noite, toda de preto e, em cima de tudo, como uma mancha branca, o rosto, que ia encolhendo.

A Griselda veio me ver. Para me dar os pêsames, disse. Calçava uns sapatos de pele de cobra, a carteira igual, e um vestido branco de flores vermelhas. Disse que tinha notícias do Mateu, que ele estava bem, porque apesar de cada um levar sua vida tinham ficado amigos por respeito à menina. Que nunca teria imaginado que o Quimet e o Cintet, tão garotos, pudessem morrer. Estava mais linda do que nunca: mais esbelta, a pele mais branca, os olhos mais cor de água verde, mais calma, mais como as flores que de noite se fecham para dormir. Contei que o menino estava em uma colônia de crianças refugiadas e ela me olhou com aqueles olhos de menta e disse que lamentava por ele, que não me dizia isso para me deixar preocupada, mas que aquilo das colônias era uma coisa muito triste.

E era. A Griselda tinha razão: a colônia era uma coisa muito triste... Quando terminou o período que o menino teve de ficar lá, a Julieta foi buscá-lo. Era outro menino. Tinha mudado. Estava inchado, barrigudo, com as bochechas redondas, e dois ossos em vez de pernas, torrado de sol, com a cabeça raspada, cheia de crostas, e com um gânglio inflamado no pescoço. Nem me olhou. Foi logo para o canto dos seus brinquedos e mexeu neles com a ponta do dedo, como eu fizera com as patas do pombo das pintinhas, e a Rita disse que não tinha estragado nenhum brinquedo dele. E enquanto os dois estavam com os brinquedos, eu e a Julieta nos olhávamos e ouvimos a Rita contando para ele que o pai tinha morrido na guerra, que todo mundo morria na guerra e que a guerra era uma coisa que matava todo mundo. Perguntou para ele se na colônia dava para ouvir as sirenes... A Julieta, antes de ir embora, disse que ia ver se podia me arrumar latas de leite e de carne em conserva. E naquele dia, como janta, comemos os três uma sardinha e um tomate mofado. E se a gente tivesse gato, ele não teria encontrado a espinha.

E dormimos juntos, eu no meio e uma criança de cada lado. Se fosse para morrer, morreríamos assim. E se de noite acontecia o alerta, e as sirenes nos acordavam, ninguém falava nada. Ficávamos quietos, só ouvindo, e quando tocavam a sirene de fim de perigo, então sim a gente podia dormir, mas sem saber se estava todo mundo dormindo ou não, porque sempre ficávamos em silêncio.

E o último inverno foi o mais triste. Eles levavam os rapazes de dezesseis anos. E as paredes estavam cheias de cartazes e eu, que não tinha entendido aquele cartaz que dizia que tínhamos de construir tanques e que fizera eu e a dona Enriqueta darmos tanta risada, se restava um pedaço por alguma parede, já não ria nem um pouco. Havia homens muito velhos que aprendiam a fazer a guerra pelas ruas. Jovens e velhos, todo mundo para a guerra, e a guerra os sugava e lhes dava a morte. Muitas lágrimas, muito mal por dentro e por fora. De vez em quando pensava no Mateu. Eu o via em pé no corredor, como se fosse de verdade, tão de verdade que me assustava, com os olhos azuis, todo apaixonado pela Griselda e sem a Griselda, que gostava de outro. E aquela voz do Mateu quando me disse que todos tinham de ir. E todos iam ficando, como ficam os ratos na ratoeira. Não tem mais jeito. Não tem mais jeito. Antes de vender as duas moedas do monsenhor Joan, vendi tudo o que era meu: os lençóis bordados, o jogo de mesa bom, os talheres... quem comprava eram as que trabalhavam comigo na prefeitura, e depois negociavam e revendiam. A duras penas conseguia comprar para comer, porque praticamente não tinha dinheiro e porque não havia comida. O leite não era leite. A carne, quando havia, era de cavalo, diziam.

E começaram a ir embora. O merceeiro de baixo dizia: está vendo, está vendo, tantos jornais e tantos cartazes... pois, tome... tome... a correr mundo. E no último dia ventava e fazia frio, e o vento fazia voar os papéis rasgados que enchiam as ruas de manchas brancas. E o frio dentro do coração era um frio que não passava nunca. Não sei como a gente sobreviveu àqueles dias. Durante o tempo em que uns saíram e os outros entraram, fiquei trancada no apartamento. A dona Enriqueta me trouxe algumas latas de um armazém lá por perto que os vizinhos tinham saqueado. Não sei quem me falou que estavam dando comida não sei onde, e fui até lá. Não sei. Quando voltei, o merceeiro estava junto à porta e não me cumprimentou. De tarde fui ver dona Enriqueta e ela disse que agora já tínhamos dado um passo à frente e que ela tinha certeza de que voltaríamos a ter rei. E me deu meia escarola. E estávamos vivos. Ainda estávamos vivos. E eu não sabia de nada do que estava acontecendo, até que um dia a dona Enriqueta veio me contar que soubera com certeza que tinham fuzilado o Mateu no meio de uma praça, e quando perguntei no meio de que praça, porque não sabia o que dizer, disse que no meio de uma praça, mas que não sabia no meio de qual praça, pois é, pois é, pode ter certeza, estão fuzilando todos eles no meio de uma praça. E a dor forte só me saltou de dentro depois de uns cinco minutos, e eu disse baixinho, como se minha alma tivesse acabado de morrer dentro do coração, isso não... isso não... Porque não era possível que o Mateu tivesse sido fuzilado no meio de uma praça. Não era possível!, e a dona Enriqueta me disse que se tivesse imaginado que eu ia levar a coisa tão a sério, e ficar sem um pingo de sangue no rosto, não me teria dito nada.

Sem trabalho, sem nada à vista, terminei de vender tudo que tinha: minha cama de solteira, o colchão da cama das colunas, o relógio do Quimet que eu queria dar para o menino quando crescesse. Toda a roupa. Os copos, as xícaras, o armário da cozinha... E quando já não me sobrava nada, a não ser aquelas moedas que me pareciam sagradas, engoli minha própria vergonha e fui até a casa dos meus antigos patrões.

XXXIV

Mais uma vez um bonde teve de frear de repente enquanto eu atravessava o Carrer Gran; o motorneiro me deu uma bronca e vi que tinha gente que ria. Parei no bazar fingindo que estava olhando a vitrina, porque, para dizer a verdade, tenho de admitir que não via nada: só manchas de cores, sombras de boneca... E da entrada saía aquele cheiro antigo de oleado que entrava pelo nariz até o cérebro e me deixava zonza. O merceeiro da ervilha estava com a loja aberta. Uma empregada varria a rua diante da pensão da esquina e, no bar, tinham colocado um toldo de outra cor e voltavam a ter vasos com flores. Fui até a porta do jardim e, por força do hábito, puxei a porta pela maçaneta e tive de fazer muita força; sempre tinha custado para abrir, mas, como se passara muito tempo, custava ainda mais. Por último, consegui abrir um pouco e, pela fresta, passei a mão para tirar a corrente do gancho... E de repente pensei melhor e recolhi a mão e voltei a fechar a porta, que arrastava muito pelo chão, e toquei a campainha. Logo apareceu o senhor do jaleco na parte de cima da galeria, olhou e desapareceu, pois tinha vindo abrir.

— Diga.

Falou diga com uma voz mais seca do que uma chicotada. Ouvi alguém andando por cima da areia, e era a senhora que vinha ver quem batera. Assim que a senhora chegou perto, o senhor nos deixou sozinhas e subiu. E eu e a senhora também subimos pelo jardim e na beira do pátio de cimento paramos. O menino estava enfiado dentro do tanque vazio e com uma espátula raspava a espuma verde de sabão. Não me reconheceu. Disse à senhora que procurava trabalho, que tinha pensado que talvez eles... E o senhor, que devia estar ouvindo, apareceu e disse que não tinham trabalho para dar a ninguém, que quem quisesse trabalho que subisse aqui em cima, e que eles tinham perdido muita

coisa e precisavam recuperar o que tinham perdido e que os da revolução, para o ralo, como a água! E que eles não estavam ali para assumir compromissos, que não queriam pobres na casa deles, que preferiam ter a casa suja do que ter de lidar com essa gentalha. A senhora disse para ele se acalmar e falou, olhando para mim, que tudo aquilo da guerra tinha acabado com os nervos dele e que por uma coisinha de nada ele perdia as estribeiras... mas que de fato eles tinham de economizar, e era só olhar o menino, coitadinho, que tinha de lavar o tanque, que não dava para ter arrumadeira. E quando contei que o Quimet havia morrido na guerra, o senhor disse que sentia muito, mas que não tinha sido ele que o mandara para lá. E disse que eu era vermelha, e falou, está entendendo?, uma pessoa como você acaba nos comprometendo, nós não temos nenhuma culpa, e a senhora me acompanhou, e quando chegamos junto ao chafariz ela parou e disse que tinha sobrado para eles, referindo-se ao genro, porque aquilo de terem levado ele para passear, na hora ele assimilou bem, mas depois não conseguia engolir e tinha ficado com uma espécie de rabugice, e disse que ele também os fazia sofrer muito. Saí para a rua e a ajudei a fechar a porta empurrando de fora com um joelho, e ela dizia que a madeira tinha empenado com a chuva e que por isso a porta arrastava. Diante do merceeiro da ervilha parei um pouco para respirar; a mercearia estava meio vazia e não havia sacos na rua. Continuei em frente e no bazar parei para olhar as bonecas e um ursinho branco de pelúcia, com a parte de dentro das orelhas de veludo de risquinha, preto, e jardineira também de veludo preto. Fitinha azul no pescoço. A ponta do nariz de veludo preto. Olhava-me. Estava sentado aos pés de uma boneca muito bonita. Tinha os olhinhos cor de laranja e a pupila brilhante e escura como um poço; e com os braços abertos e as plantas dos pés brancas, parecia um bobalhão. Fiquei tão encantada que nem me lembro quanto tempo fiquei olhando, até que me senti muito cansada, e na hora em que ia atravessar o Carrer Gran, quando já tinha colocado um pé na rua e o outro ainda estava em cima da calçada, em pleno dia e quando já não havia mais luzes azuis, eu as vi. E caí no chão deitada como um saco. E quando subi a escada de casa e parei para respirar junto da balança, não me lembrava do que tinha acontecido, como se o tempo entre colocar um pé na rua e o tempo de chegar à balança fosse um tempo que eu não tivesse vivido.

A dona Enriqueta arrumou uma portaria para eu ir lavar a escadaria aos sábados, e duas manhãs por semana ia limpar uma sala onde faziam filmes sobre as coisas que acontecem no mundo. Mas juntando tudo não era mais do que um grão de areia no meio da terra. E uma noite, com a Rita de um lado e o Antoni do outro, com as pontas das costelas lhes furando a pele e com o corpo inteiro cheio do desenho das veias azuis, pensei que deveria matá-los. Não sabia como. A facadas não podia ser. Vendar-lhes os olhos e atirá-los lá de cima da sacada não era possível... E se só quebrassem uma perna? Tinham mais força do que eu, mais força do que um gato magro. Não era possível. Adormeci com a cabeça que parecia que ia rachar e com os pés congelados. E apareceram umas mãos. O teto do quarto ficou mole como se fosse feito de nuvem. Eram umas mãos de algodão, sem ossos. E enquanto desciam se tornavam transparentes, como as minhas mãos quando eu era pequena e as olhava contra o sol. E aquelas mãos que saíam do teto juntas, ao descer se separavam, e as crianças, enquanto as mãos desciam, já não eram mais crianças. Eram ovos. E as mãos pegavam as crianças, todas feitas de casca e com gema dentro, e as levantavam com muito cuidado e começavam a sacudi-las: primeiro sem pressa e depois com raiva, como se toda a raiva dos pombos e da guerra e de ter perdido tivesse se enfiado naquelas mãos que sacudiam meus filhos. Queria gritar e a voz não saía. Queria gritar que viessem os vizinhos, que viesse a polícia, que viesse alguém perseguir aquelas mãos, e quando já tinha o grito a ponto de sair pensava melhor e abafava o grito porque a polícia teria me prendido, porque o Quimet tinha morrido na guerra. Aquilo tinha de acabar. Fui procurar o funil. Já fazia dois dias que a gente não comia nada. Já fazia tempo que eu tinha vendido as duas moedas do monsenhor Joan, que as vendi como se me arrancassem todos os molares da boca sem anestesia. Tudo tinha acabado. Onde estava o funil? Onde o tinha guardado? Entre as coisas que eu fora vendendo tinha certeza de que o funil não estava. Onde estava, onde? Depois de muito procurar e de muito revirar encontrei-o de boca para baixo em cima do armário da cozinha. Trepada em cima de uma cadeira encontrei-o ali, me esperando. De boca para baixo e coberto de poeira. Peguei-o e não sei por que o lavei e o guardei dentro do armário. Só faltava comprar o ácido nítrico. Quando estivessem dormindo, primeiro um, depois o outro, enfiaria o funil na boca deles e jogaria o ácido nítrico dentro, e depois eu também tomaria e assim a gente terminaria com tudo, e todo mundo ia ficar feliz, porque a gente não fazia nenhum mal a ninguém e não tinha ninguém que gostasse da gente.

XXXV

 Não tinha nem um tostão para ir comprar o ácido nítrico. O merceeiro de baixo nem olhava para a minha cara e eu acho que não era porque fosse ruim, mas porque tinha medo, de tantos milicianos que tinham ido lá em casa. E como se fosse uma iluminação pensei no merceeiro da ervilha. Iria com a garrafa, pediria o ácido nítrico e na hora de pagar abriria a carteira e diria que tinha esquecido o dinheiro em casa, que no dia seguinte passaria para pagar. Saí de casa sem carteira e sem garrafa. Não me vi com coragem. Saí para fazer sei lá o quê. Só por sair. Os bondes andavam sem vidros, com tela de mosquiteiro. As pessoas andavam malvestidas.

Todos estavam muito cansados, como depois de uma doença grave. E comecei a andar pelas ruas, assim, olhando as pessoas que não me viam e pensando que elas não sabiam que eu queria matar meus filhos queimando-os por dentro com ácido nítrico. E comecei a seguir, sem perceber que a seguia, uma senhora muito gorda com um xalezinho, que carregava dois círios embrulhados até a metade com papel de jornal. Estava nublado e calmo. Quando aparecia um raio de sol, o xalezinho da senhora brilhava e as costas do casaco da senhora também brilhavam, e eram cor de asa de mosca, como a batina do monsenhor Joan. Um homem que vinha no sentido oposto cumprimentou a senhora e pararam os dois um momento, e eu fingi que olhava uma vitrina e via a cara da senhora no vidro e era uma cara com bochecha de cachorro, e a senhora começou a chorar e de repente levantou um pouco o braço e mostrou os círios àquele senhor, e se apertaram as mãos e cada um tomou seu rumo, e eu voltei a seguir a senhora, porque me sentia menos sozinha ao olhá-la e olhar seu xale que o ventinho do andar levantava um pouco de cada lado. Ficou um bom tempo sem aparecer o sol, e tudo foi escurecendo e começou a chuviscar; antes de começar a chover, uma calçada já estava molhada de umidade e a outra seca. A chuva logo as deixou iguais. A senhora dos círios trazia guarda-chuva e o abriu, então ele ficou brilhante e das pontas das varetas logo caíram gotas de chuva. Uma gota sempre lhe caía no meio das costas, como se fosse sempre a mesma, e escorregava para baixo devagar. Eu tomava chuva. O cabelo ia ficando molhado e aquela senhora andava, andava, como uma barata, decidida e teimosa, e eu atrás dela, até que chegou diante de uma igreja e fechou o guarda-chuva, que era de homem, e o pendurou no braço. Naquela hora, vi um jovem sem perna que vinha na minha direção e parou na minha frente e me perguntou como estava, e eu, apesar de ter a impressão de que o conhecia, não sabia quem era, e ele perguntou como estava o meu marido e me contou que agora ele tinha uma loja por conta própria e que lutara a guerra do outro lado e que isso lhe dava muitas facilidades para viver;

e eu sem o reconhecer mesmo sabendo que o conhecia, e ele me deu um aperto de mão e foi embora depois de me dizer que sentia muito pela morte de meu marido; e quando já devia estar a uns cinquenta passos de distância, descobri, como se me tivessem soprado a verdade, que era o aprendiz que o Quimet tivera e que lhe servira para tão pouca coisa.

E a senhora do guarda-chuva de homem e dos círios estava no portal da igreja procurando o porta-moedas para dar uma esmola a uma pobre vestida com farrapos, com um menino meio pelado no colo, e a senhora pelejava para abrir o porta-moedas entre os círios e o guarda-chuva, porque uma das varetas ficara presa na dobra do bolso e o pouco vento que lhe empurrava o xale para um lado do rosto devia estar tirando toda a sua visão. Quando conseguiu dar a esmola se enfiou na igreja pela portinha pequena e eu, sem pensar, também entrei. A igreja transbordava de gente e o padre já corria de um lado para o outro, com dois coroinhas para servi-lo, com as sobrepelizes engomadas terminando com uma ponta almofadada de um palmo de largura. A casula do padre era branca, de seda com ramos, toda rodeada de um debrum dourado e, no meio, a cruz, de pedraria clara; e da junção dos braços da cruz saíam raios de luz vermelha, que queriam ser luz e pareciam sangue. Fui me aproximando do altar-mor. Não entrava em uma igreja desde o dia em que casei. Das janelas estreitas e altas, algumas com os vidros quebrados que deixavam ver o céu, nublado em alguns pontos, vinham manchas de cores, e o altar-mor, todo cheio de lírios, com o galho e as folhas do galho de ouro fino, era um grito de ouro que subia, levado para cima por todas as colunas, até as pontas do teto, que recolhiam o grito e o mandavam para o céu. A senhora do guarda-chuva de homem acendia os círios e, enquanto os acendia e segurava, sua mão tremia. Quando os deixou, fez o sinal da cruz e ficou em pé como eu. As pessoas se ajoelhavam e eu, olhando todos ajoelhados, não me lembrei de ajoelhar, e a senhora também estava em pé, talvez porque não pudesse ajoelhar, e veio o incenso, e enquanto o incenso se espalhava vi as bolinhas em cima do altar. Uma montanha de bolinhas um pouco deslocadas para um lado do altar, ao pé de um ramo de lírios, e a montanha de bolinhas ia crescendo; nasciam umas bem do lado das outras, como bolinhas de sabão, muito pequenas, muito amontoadas, umas do lado das outras e toda aquela montanha de bolinhas subia, subia, e talvez o padre também as tivesse visto porque uma hora abriu os braços, com as mãos próximas da cabeça, como quem diz minha Nossa Senhora, e eu olhei para as pessoas, me virei para olhar as pessoas atrás de mim, até o fim da igreja, e todas estavam de cabeça baixa e não podiam ver as bolinhas, tão juntinhas umas das outras, que já transbordavam do altar, e logo chegariam aos pés dos coroinhas que rezavam. E aquelas bolinhas de cor de uva branca iam ficando rosadas aos poucos e então ficavam vermelhas. Cada vez mais luz. Fechava os olhos um pouco para descansá-los e para saber no escuro se era verdade o que via e, quando voltava a abri-los, as bolinhas tinham ficado mais iluminadas. Todo um lado da montanha já estava vermelho. Aquelas bolinhas eram como ovos de peixe, como os ovos que ficam naquela bolsinha dentro dos peixes, que parece a placenta dos bebês quando nascem, e aquelas bolinhas nasciam na igreja como se a igreja fosse o ventre de um grande peixe. E logo, se durasse muito, a igreja inteira ficaria cheia de bolinhas que cobririam as pessoas e os altares e as cadeiras. E começaram a se ouvir umas vozes de longe, como se viessem do grande poço da dor, como se saíssem meio abafadas de gargantas cortadas, de lábios que não podiam dizer palavras, e toda a igreja ficou morta: o padre imóvel no altar, com a casula de seda e a cruz de sangue e de pedraria, as pessoas manchadas pelas sombras das cores dos vidros das janelas estreitas e altas. Nada vivia: só as bolinhas que iam se espalhando, já feitas de sangue e com cheiro de sangue que afastava o cheiro do incenso. Só cheiro de sangue, que é cheiro de morte, e ninguém via o que eu via porque todos estavam de cabeça baixa. E por sobre as vozes que vinham de longe e não se entendia o que diziam, ergueu-se um coro de anjos, mas um coro de anjos enraivecidos, que davam bronca nas pessoas e lhes explicavam que estavam diante das almas de todos os soldados mortos na guerra, e o coro dizia que olhassem para o mal que Deus fazia transbordar do altar; que Deus lhes mostrava o mal que havia sido feito para que todos rezassem para acabar com o mal. E vi a senhora dos círios que também estava em pé porque não devia ter conseguido ajoelhar, e tinha os olhos que lhe saltavam da cara e nos olhamos e ficamos um momento pasmas, nos olhando, porque ela também devia estar vendo os soldados mortos, ela também os via, era isso que me diziam seus olhos de quem teve alguém morto a bala e no meio de um campo; e assustada pelos olhos da senhora saí tropeçando em gente ajoelhada, e lá fora caía a mesma chuva fina de quando eu entrara. E tudo estava igual.

E para cima, para cima, Colometa, voa, Colometa... Com o rosto como uma mancha branca em cima do preto do luto... para cima, Colometa, que atrás de ti está toda a dor do mundo, livra-te da dor do mundo, Colometa. Corre, depressa. Corre mais depressa, que as bolinhas de sangue não detenham teu andar, que não te segurem, voa para cima, subindo a escada, para o teu terraço, para o teu pombal... voa,

Colometa. Voa, voa, com os olhos redondinhos e o bico com os furinhos em cima como um nariz... E corria para a minha casa e todo mundo estava morto. Estavam mortos os que haviam morrido e os que tinham permanecido vivos, que também era como se estivessem mortos, que viviam como se os tivessem matado. E subi a escada com a pulsação que me furava os lados da testa, e abri a porta, e não achava a fechadura para enfiar a chave, e fechei a porta e fiquei grudada nela de costas, respirando como se me afogasse, e vi o Mateu, que me dava a mão e dizia que não tinha mais jeito...

XXXVI

 Saí de casa com a carteira na mão, uma carteira pequena, só para o dinheiro, e o cesto com a garrafa. Desci a escada como se fosse uma escada que terminasse muito longe e, no fim, ficasse o inferno. Fazia anos que ninguém a pintava. E se a gente estivesse de vestido escuro e o esfregasse na parede, a parede o deixava esbranquiçado. Até a altura do braço estava cheia de desenhos, de garranchos e nomes; tudo meio apagado. Só se via bem a balança, porque quem a desenhara tinha feito uma marca bem funda. O corrimão estava úmido e pegajoso. Chovera a noite inteira. Assim como a escada em frente ao armário da casa dos meus patrões, a escada, até o primeiro andar, era de pinho. Do primeiro andar até o meu, era de cerâmica vermelha com a cantoneira de pinho. Sentei no chão. Era muito cedo e não se ouvia nenhum barulho. Olhei a garrafa, que sob a luz fraca da escada reluzia, e pensei nas coisas que vira no dia anterior e achei que devia ser por causa da fraqueza e pensei que gostaria de poder descer a escada quicando que nem uma bola, descendo, descendo... e bum! Estava lá embaixo. Levantei-me e foi um custo levantar-me. As dobradiças tinham enferrujado. Quando as dobradiças enferrujam, dizia minha mãe, adeus! Levantei-me com muita dificuldade e terminei de descer o trecho de pinho, com muito medo de escorregar, segurando bem firme no corrimão. A escada tinha fedor de penas. Elas estavam em uma lata de lixo, na entrada. Tinha um homem que fuçava todas as latas... No dia anterior, enquanto corria para a minha casa, por um momento pensei que talvez pudesse pedir esmola. Fazer como aquela mulher da entrada da igreja, que pedia esmola para a senhora do guarda-chuva de homem. Poderia ir com as crianças pedir esmola... hoje em uma rua, amanhã em outra... hoje em uma igreja, amanhã em outra... pelo amor de Deus... pelo amor de Deus... O homem que remexia as latas de lixo devia ter encontrado alguma coisa; abriu o saco e enfiou aquilo que devia ter encontrado. Tinha uma lata coberta de serragem molhada. Talvez embaixo tivesse alguma coisa boa, como por exemplo um pedaço de pão... mas o que é um pedaço de pão para acabar com toda a fome?... Para comer grama precisava ter força para ir buscá-la, e grama, afinal, não é nada... Aprendera a ler e escrever e minha mãe me acostumara a usar vestidos brancos. Aprendera a ler e escrever e vendia doces e caramelos e bombons só de chocolate e bombons ocos com licor dentro. E andava pela rua como uma pessoa ao lado das outras pessoas. Aprendera a ler e escrever e tinha servido e tinha ajudado... Caiu uma gota lá de cima da sacada, redonda, bem em cima do meu nariz. Atravessei o Carrer Gran. Em algumas lojas, começava a ter coisas para vender, e na rua tinha gente que entrava naquelas poucas lojas e que podia comprar. E pensava nessas coisas para me distrair, para não pensar na garrafa do cesto, reluzente e verde. E ia olhando tudo como se nunca tivesse visto; talvez porque no dia seguinte já não poderia mais olhar, não sou eu que olho, não sou eu que falo, não sou eu que vejo. No dia seguinte, nenhuma coisa, nem bonita nem feia, iria parar diante dos meus olhos. As coisas ainda paravam, todas ficavam diante dos meus olhos como se antes de morrer quisessem viver para sempre. E as lentes dos meus olhos guardavam tudo. No bazar já não estava mais o urso, e quando vi que não estava mais lá percebi que tinha muita vontade de vê-lo, com a jardineira de veludo, sentado como um bobalhão... Trazia dentro do nariz o cheiro de penas do lixo da entrada, e agora ele se misturava ao cheiro dos oleados, e eu andava com os dois cheiros dentro do nariz, até que passei pela frente da perfumaria e veio uma

onda de cheiro de sabonetes e de água-de-colônia da boa. Aos poucos ia chegando mais perto da mercearia da ervilha. Não havia nenhum saco na rua. Àquela hora, na casa de meus antigos patrões, a senhora preparava o café da manhã, e o menino, no pátio, jogava boliche. As paredes do subsolo, com a chuvinha, iam ficando empapadas e juntavam mais limo ao limo, que parecia sal e brilhava. O merceeiro estava atrás do balcão. Havia duas criadas e uma senhora. Uma das criadas, tive a impressão de que já a conhecia de vista. O merceeiro atendeu às duas criadas e à senhora, e minhas pernas doíam de ter de ficar em pé. Quando chegou minha vez, entrou outra criada. Pus a garrafa em cima do balcão e disse: ácido nítrico. E na hora de pagar, enquanto ainda saía um pouco de fumaça pelo gargalo da garrafa, entre o vidro e a rolha, abri a carteira e, fingindo que estava perplexa, disse que tinha deixado o dinheiro em casa. O merceeiro falou que não tinha importância, que não precisava voltar lá só para pagar, que podia pagá-lo outra vez que passasse por ali, outro dia, a qualquer hora, quando fosse mais fácil para mim. Perguntou pelos meus patrões e disse que já fazia tempo que não trabalhava mais lá, desde o começo da guerra; e falou que ele também tinha ido para a guerra e que voltar a ter a loja era um milagre e saiu de trás do balcão e colocou a garrafa de ácido nítrico no cesto. Respirei como se fosse dona do mundo. E fui embora. Tinha de tomar cuidado para não cair, para não ser atropelada, prestar atenção nos bondes, principalmente nos que desciam, conservar a cabeça em cima do pescoço e ir bem direitinho para casa: sem ver as luzes azuis. Principalmente sem ver as luzes azuis. E olhei de novo para a vitrina da perfumaria, com os vidros cheios de colônia amarela, e as tesourinhas para unha, tão novas e tão reluzentes, e as caixinhas com espelhinho na parte de dentro da tampa, com uma pastilhinha preta e uma escovinha para pintar os cílios.

E de novo o bazar e as bonecas com os sapatinhos de verniz... principalmente não ver as luzes azuis e atravessar sem pressa... não ver as luzes azuis... e me chamaram. Alguém me chamou e me virei, e quem me chamava era o merceeiro da ervilha, que vinha na minha direção, e quando me virei pensei na mulher de sal. E pensei que talvez o merceeiro tivesse se dado conta de que, em vez de ácido nítrico, me dera água sanitária ou sei lá o quê. Perguntou se queria voltar com ele até a loja, que o desculpasse, mas se queria fazer o favor de voltar com ele até a loja. E entramos na loja e não tinha ninguém, e me perguntou se eu queria trabalhar na casa dele, que já me conhecia havia muito tempo, que a mulher que arrumava a casa dele tinha parado de trabalhar porque era muito velha e ficava cansada demais... E então entrou alguém e ele disse, um momento, e ficou em pé na minha frente esperando a resposta. E como eu não dizia nada, falou se por acaso eu já estava trabalhando, se por acaso já estava comprometida, e fiz que não com a cabeça e disse que não sabia o que fazer. Ele falou que, se eu não tinha trabalho, a casa dele era uma boa casa e que ele não era de ficar chateando e que já sabia que eu era de confiança. Fiz que sim com a cabeça e então ele disse, comece amanhã, e todo sem jeito colocou duas latas no meu cesto, que ele foi buscar lá dentro, e um saquinho e alguma outra coisa que eu não lembro. E disse que podia começar no dia seguinte às nove da manhã. E, meio à toa, tirei a garrafa do ácido nítrico de dentro do cesto e coloquei com muito cuidado em cima do balcão. E fui embora sem dizer nada. E quando cheguei ao apartamento, eu, que sempre tinha sido dura para chorar, caí no choro feito criança.

XXXVII

Havia bolotas e folhas e uma mancha de tinta no meio. Tapava-a um jarro de latão rodeado de senhoras fazendo guirlanda, vestidas apenas com véus e com os cabelos soltos e esvoaçantes, e esse jarro ficava cheio de rosas vermelhas e margaridas artificiais, sustentadas por uma cama de musgo falso. O centro de mesa, com as bolotas e a mancha de tinta no meio, tinha uma franja com três fileiras de nós. O aparador era de madeira avermelhada, com mármore rosa e, em cima do mármore, um armário, e dentro do armário, os cristais guardados. Os cristais, quer dizer, os copos e o jarro de água e a garrafa de vinho, que servem só para enfeitar. Uma janela, sempre escura, dava para um céu aberto: era para lá que dava também a janela da cozinha. Era uma sala de jantar, a sala de jantar, com duas janelas, porque a outra janela dava para a loja e essa janela ficava sempre aberta para o merceeiro saber o que acontecia na loja quando estava na sala. As cadeiras eram de Viena, com o assento e o encosto cheio de buraquinhos. Não está cansada?, perguntava sempre o merceeiro, que se chamava Antoni, como o meu filho. Eu dizia que estava muito acostumada a trabalhar, e um dia expliquei para ele que quando solteira trabalhava em uma confeitaria. De vez em quando gostava de vir conversar comigo. Os buraquinhos da varíola, com a pouca claridade que havia na sala, praticamente não se viam. A porta da loja para a sala não tinha porta. Era só um buraco para entrar e sair; o merceeiro colocara uma cortina de bambuzinho, com uma japonesa pintada, cheia de agulhas espetadas nos cabelos amontoados, e em uma mão segurava uma ventarola grande com pássaros ao fundo, e um farolzinho que parecia estar aceso, mais perto.

A casa era simples e escura, exceto dois quartos que davam para a rua que descia até a praça da feira. Era assim:

da cortina da japonesa até o fim, que era uma sala com sofá e poltronas com capa e um console, havia um corredor. À esquerda desse corredor, duas portas, uma do lado da outra, para entrar nos dois quartos com janela para a rua que descia até a praça. À direita do corredor, a cozinha e um quartinho sem janela, depósito, armazém, cheio de sacos de grão e de sacos de batatas e garrafas. E era tudo no corredor. No fim do corredor, a sala; e à direita da sala, o quarto do merceeiro, tão grande como a sala, com uma janela para uma área coberta, em cima, pela área do primeiro andar, sustentada por quatro colunas de ferro. Passada a área, um pátio poeirento, separado do jardim do primeiro andar por uma grade com pontas de lança. Esse pátio ficava sempre cheio de papéis e sujeira que vinham dos apartamentos. No jardim do primeiro andar tinha só uma árvore: um pessegueiro esquálido. Os pêssegos caíam no chão quando mal tinham tido tempo de ficar do tamanho de uma avelã.

E, junto à grade do jardim do primeiro andar, uma portinha gradeada que ficava só encostada, e que dava para a rua que descia direto até a praça da feira. Voltando para a sala, em cima do console, o espelho com enfeite de madeira no alto. E dois sinos de vidro com flores do campo: rosetas, espigas, miosótis, sarças. E entre um sino e outro sino, um caracol de mar daqueles que, se você encosta a orelha, ouve lá dentro o mar. Aquele caracol, que tinha conseguido guardar todos os gemidos do mar dentro dele, para mim era mais que uma pessoa. Nunca nenhuma pessoa poderia viver com aquele ir e vir das ondas enfiado dentro dela. E quando tirava o pó do caracol, sempre ficava um tempinho escutando.

As lajotas do chão da casa eram vermelhas, daquelas que assim que você acaba de limpar já voltam a ficar cobertas de poeira. Uma das primeiras coisas que o merceeiro me disse foi que tomasse muito cuidado para não deixar as sacadas da sala e do quarto muito tempo abertas, porque por essas sacadas entravam ratos. Ratos pequenos, com as patas muito finas e compridas. Ratos corcundas. Saíam do buraco do esgoto que ficava ao pé da porta gradeada do pátio e corriam para se enfiar no depósito: escondiam-se quietos, roíam os sacos e comiam os grãos. E isso não era nada, que comessem os grãos, mesmo que andassem escassos, porque o pior era que quando ele ou o balconista iam buscar um saco para levá-lo até a loja, como o traziam arrastando, os grãos se espalhavam todos pelo chão e depois dava um trabalhão ter de recolhê-los com a pá. O balconista dormia e comia no primeiro andar; vivia de pensão porque o merceeiro não queria estranhos dentro de casa depois que baixava a persiana.

A cama do merceeiro era uma cama para duas pessoas, e mais tarde me contou que tinha sido a cama de seus pais e que aquela cama, para ele, era o cheiro da sua família, o cheiro das mãos da sua mãe, que quando começava o inverno cozinhava para ele maçãs na brasa. Era uma cama preta, com colunas que subiam finas, engrossavam, voltavam a afinar, formavam uma bola, e da bola saía a segunda parte da coluna, fina, grossa, fina. A colcha era praticamente irmã gêmea daquela que eu tivera e precisara vender: toda de crochê com rosas em relevo, e a franja era de cachinhos de crochê que você podia lavar e passar, que ou não desmanchavam ou voltavam a ficar cacheados, como se tivessem juízo. E em um canto tinha um biombo para trocar de roupa.

XXXVIII

Demorei um pouco para levantar a cabeça, mas aos poucos voltava à vida depois de ter vivido no buraco da morte. As crianças tinham perdido aquela aparência de serem feitas só de osso. E as veias iam perdendo a cor embaixo de sua pele tranquila. Conseguia pagar os aluguéis atrasados, mais que com o dinheiro que ganhava, com o dinheiro que economizava, porque o merceeiro sempre, na hora de eu ir embora, me dizia, tome. Um saquinho de quirera de arroz, um saquinho de grão-de-bico pequeno. E dizia que tinha sempre feito um racionamento um pouco maior do que deveria. A loja não era como antes da guerra, mas era uma boa loja... E com os legumes, para acompanhar, caía sempre algum retalho do começo do pernil ou de toucinho defumado, para que os legumes não ficassem sozinhos... Muita coisa. Muita. Não dá para explicar o que era tudo aquilo para nós. Saía com os meus saquinhos, subia ao apartamento correndo e sempre parava para encostar a mão na balança. E as crianças me esperavam e vinham me receber de olhos arregalados, o que você trouxe? E punha os saquinhos em cima da mesa e os três escolhíamos os legumes e, se eram lentilhas e tinham pedras, a gente as lançava ao chão e depois guardava. E quando fazia tempo bom à noite, subíamos até o terraço e sentávamos no chão, eu no meio e um de cada lado, do mesmo jeito que dormíamos. E às vezes, se o tempo estava quente, ficávamos adormecidos até que a luz do dia nos colocasse o vermelho diante dos olhos e nos acordasse, e corríamos até o apartamento com os olhos meio fechados para não perder o sono de vez, e dormíamos em cima de uma manta, porque não tínhamos nem colchão. E dormíamos todo o tempo que faltava para começar outro dia. As crianças nunca falavam do pai, como se não tivesse existido. E se às vezes me vinha a lembrança, fazia um grande esforço para tirá-la de mim, porque trazia dentro um cansaço tão grande que não dá para explicar, e precisava viver, e se pensava muito minha cabeça doía, como se tivesse apodrecido.

Quando já fazia uns bons meses que trabalhava na casa do merceeiro da ervilha, talvez treze, talvez quinze... Ao fim de muitos meses de deixar a casa dele como um brinco, todos os móveis untados com óleo e vinagre meio a meio, e a colcha da cama mais branca que os dentes, e as capas das poltronas e do sofá sacudidas e repassadas, o merceeiro da ervilha um dia me perguntou se as crianças iam à escola, e eu disse que, por enquanto, não. E um dia me disse que, da primeira vez que eu entrara para comprar ervilha, ele tinha reparado em mim, que também conhecia o Quimet, um rapaz, disse, que sempre ficava na rua, com as mãos no bolso e olhando para todos os lados. Eu perguntei como é que ele podia vê-lo se estava atendendo, e ele me falou:

você não se lembra de que os meus sacos de ervilha ficavam na rua? E mesmo que não os tivesse na rua e que não fosse buscar ervilha lá fora, também o teria visto, porque disse que tinha um espelho atrás do balcão, colocado de tal jeito que podia vigiar para que ninguém o roubasse. E que, com esse espelho, que podia mover de um lado para o outro, via os sacos que tinha na rua e se as crianças enfiavam a mão dentro e a tiravam cheia. E me disse que não ficasse chateada, mas que no dia em que veio atrás de mim para me dizer se queria trabalhar na casa dele, correu atrás de mim porque eu fazia uma cara que o deixara arrasado e imaginou que eu devia estar passando por alguma situação muito grave. E eu disse que não estava acontecendo nada. Que era só que tinham matado o Quimet na guerra e que tudo era difícil, e ele disse que também estivera na guerra e um ano no hospital. Que o recolheram meio despedaçado do campo de batalha e o recompuseram do jeito que deu, e então me disse, venha domingo às três da tarde. E acrescentou que achava que, na minha idade, eu não teria constrangimento de ficar sozinha com ele, que já me conhecia havia tanto tempo.

XXXIX

Encostei a mão na balança e terminei de descer. Era uma tarde de domingo meio nublada, mas sem chuva, sem sol e sem vento. Sentia um pouco de dificuldade em respirar, como os peixes quando são tirados do mar. O merceeiro tinha dito que eu entrasse pela portinha do pátio, que já estaria aberta, como de costume, porque era a única porta que podia ser usada aos domingos. Ele não ia perder tempo levantando e abaixando a porta de ferro ondulada se recebesse visitas. E não sei por que, e olha que estava indo vê-lo, e que estava decidida a ir, prova disso é que já estava a caminho, eu andava à toa e ficava perdendo tempo me olhando em todos os vidros das vitrinas e me via passar dentro dos vidros, onde tudo ficava mais escuro e mais brilhante. O cabelo me incomodava. Tinha eu mesma cortado e lavado e sentia que ele fazia um pouco o que queria.

Ele estava me esperando, em pé, entre duas colunas das quatro que sustentavam as galerias dos seis andares.

De uma galeria dos últimos apartamentos, quando entrei, caía, dando voltas, um aviãozinho feito de papel de jornal. O merceeiro pegou-o no ar e disse que era melhor não falar nada, porque se fosse reclamar talvez eles ficassem bronqueados e atirassem ainda mais coisas. Dava para notar que ele se barbeara havia pouco e fizera um corte pequeno perto da orelha. Na luz difusa, os buraquinhos da varíola pareciam mais afundados na pele. Cada buraquinho redondo com uma pele mais nova, um pouco mais clara que a pele que se tem de nascença.

Disse para fazer o favor de entrar. E me fez passar na frente e eu estranhei, porque sem a claridade que nos outros dias vinha da loja aberta, através da cortina de bambuzinho, ficava tudo diferente e parecia outra casa. Ele estava com o lustre da sala aceso. Era uma meia bola de porcelana, virada para baixo, presa no teto por seis correntes de latão. A franja da meia bola era de caninhos de vidro branco, como a bola. Às vezes, se alguém corria pelo apartamento de cima, batiam uns nos outros e faziam uma musiquinha. E fomos para a sala e na sala sentamos.

— Quer biscoitos?

Colocou diante dos meus olhos uma lata quadrada, cheia até a boca de camadas e camadas de biscoitos de baunilha, e com a mão eu a afastei e disse que muito obrigada, mas que não tinha nem um pouco de fome. Perguntou sobre as crianças e enquanto conversava e punha os biscoitos de novo no armário, de onde os tinha tirado, percebi que tudo o que fazia e tudo o que dizia lhe custava muito fazer e dizer, e me pareceu um molusco com a casca quebrada, que não é outra coisa senão um grande abandono. Pediu desculpas pelo trabalho de me fazer ir até lá em um domingo, que com certeza era o dia que eu mais precisava ficar em casa para arrumar minhas coisas e ter a companhia das crianças. E naquele ponto, no apartamento de cima, ouviu-se gente correr e os caninhos do lustre fizeram dringue, dringue... Olhamos para o lustre, que se mexia, e quando os caninhos ficaram quietos falei para ele contar o que tinha a me dizer, caso tivesse algo a me dizer. E me falou que era muito difícil. E pôs as mãos em cima da mesa e cruzou os dedos de uma mão com os dedos da outra e, quando ficou com eles bem cruzados e apertados, com os nós dos dedos mais claros, disse que estava muito preocupado. Que ele era uma pessoa de vida simples, sempre ali, fechado, arrumando a loja sem parar, trabalhando, limpando, olhando os sacos do depósito e cuidando para que os ratos não os roessem, porque uma vez um rato fez ninho dentro de uma trouxa de buchas e o rato tinha emporcalhado as buchas e ele não percebeu, mesmo tendo conseguido matar o rato e o filhote, e pôs as buchas à venda. E uma criada, que se mostrava muito simpática com ele, mas de quem ele não gostava nada, comprou duas buchas, e depois de um tempinho apareceu a patroa da criada com a criada e lhe passaram uma bronca desagradável porque disseram que parecia mentira que fosse tão descuidado de vender buchas, buchas que eram feitas para limpar pratos, com sujeira de rato no meio. E que isso das buchas era só um detalhe para me mostrar que era preciso ter cuidado para que os ratos que saíam do bueiro não viessem até o pátio. Disse que tinha uma vida pouco divertida, que não era uma vida para oferecer como se fosse grande coisa, só voltado para o trabalho e poupando para a velhice. Disse que pensava muito na velhice e que queria ser um velho respeitado e que os velhos só são respeitados se têm como se virar para viver. Disse que não era um homem que gostasse de se privar do que era necessário, mas que pensava muito na velhice e que não queria se ver, quando não tivesse nem dentes nem cabelo, nem ânimo nas pernas, nem força para calçar os sapatos, tendo de ir bater na porta de um asilo e terminar lá, depois de uma vida dedicada ao trabalho de cada dia e à luta. Descruzou os dedos e então enfiou dois dentro do jarro que encobria a mancha de tinta, e por entre as rosas vermelhas e as margaridas, tirou um pedacinho de musgo e disse, sem me olhar, que sempre pensava muito em mim e nos meus filhos e que ele acreditava no destino das pessoas... e que se tinha me dito para ir no domingo era para poder falar com calma, porque tinha que me pedir uma coisa, que não sabia como começar a pedir, principalmente porque não sabia como é que eu reagiria. E voltaram a correr pelo apartamento acima, e outra vez a musiquinha, e ele disse, bem, desde que eles não afundem nosso teto... E disse isso como se eu também fizesse parte da casa... E disse que era um homem sozinho. Um homem completamente sozinho: nem pais nem família de qualquer espécie. Sozinho como a chuva que cai. E que era de boa-fé e que principalmente não levasse a mal o que queria me pedir... E queria me dizer que era um homem sozinho que não sabia viver sozinho... E ficou um bom tempo calado e disse, levantando a cabeça e me olhando fixo: eu queria casar, mas não posso formar família...

E meteu um tapa na mesa com toda a força. Foi isso o que ele disse: que não podia formar família e que queria casar. E ia fazendo uma bolinha verde com o musgo que tinha tirado do jarro de latão. Levantou-se e ficou de frente para a japonesa, e depois virou e sentou de novo, e ao sentar, quando ainda não estava bem sentado, perguntou:

— Gostaria de se casar comigo?

Já temia por isso, mas, mesmo temendo e vendo que ia acontecer, fiquei muito perplexa e sem conseguir entender.

— Eu sou livre e você é livre e eu preciso de companhia e os seus filhos precisam de um apoio...

Levantou-se mais nervoso do que eu e atravessou a japonesa duas ou três vezes entrando e saindo da sala, entrando e saindo... E sentando de novo me disse que eu nem podia imaginar como ele era bom. Que eu não sabia que tipo de boa pessoa ele era. E que tinha afeto por mim desde sempre, desde quando eu ia comprar ervilha e ele me via sair tão carregada que mal conseguia levá-la.

— E eu penso que você está sozinha e com as crianças trancadas e sozinhas enquanto trabalha e eu poderia pôr ordem nisso tudo... Se não gostou da ideia, faça como se eu não tivesse dito nada... Mas tenho de acrescentar que não posso formar família, porque por culpa da guerra sou inútil aqui no meio e, com você, já me encontro com uma família formada. E, Natàlia, não quero enganar ninguém, disse.

XL

Subi até o apartamento como uma mosca tonta e, mesmo sem vontade de ir e sem querer contar nada a ninguém, às dez não resisti mais: peguei as crianças e fui voando até a casa da dona Enriqueta, que já estava se penteando para se enfiar na cama. Coloquei as crianças diante do quadro das lagostas e falei para elas ficarem lá olhando, e eu e a dona Enriqueta nos fechamos na cozinha. Contei o que estava acontecendo comigo e disse que me parecia ter entendido, mas que achava que ainda não tinha entendido totalmente. E ela disse, devem tê-lo mutilado na guerra, é exatamente o que você está pensando e por isso ele quer casar com você, pois com você ele já tem uma família formada, e muitos homens, sem família, são como uma garrafa vazia navegando sobre o mar.

— E como é que eu conto para as crianças?

— Conte para elas assim que você tiver dito que sim para ele, e como se fosse a coisa mais natural do mundo. E elas lá entendem alguma coisa?

Passei alguns dias matutando e no dia em que me decidi, depois de ter pesado muito bem os prós e os contras, disse para o merceeiro que sim, que a gente se casaria; disse que demorara para responder porque ele tinha me pegado de surpresa e que quanto mais o tempo passava mais a surpresa ia crescendo, e que tinha um certo receio pelas crianças, que eram mais espertas do que seria próprio da idade, porque a guerra e a fome tinham feito o juízo delas crescer mais cedo. Segurou uma das minhas mãos, e a mão dele tremia, e disse que eu não podia imaginar o jardim que tinha acabado de colocar dentro dele. E fui fazer o serviço. Fiquei plantada em cima das lajotas manchadas de sol, junto à sacada. Do pessegueiro escapou uma sombra, e era um passarinho. E sobre o pátio, vindo das galerias, caiu uma nuvenzinha de poeira. Na sala dos sinos de vidro encontrei uma teia de aranha. Tinha se formado de um sino até o outro. Saía do pedestal, que era de madeira, passava pela ponta do caracol e ia parar no pedestal de madeira do outro sino. E olhei tudo aquilo que seria a minha casa. E me deu um nó na garganta. Porque, desde que dissera que sim, tinha ficado com vontade de dizer que não. Não gostava de nada: nem da loja nem do corredor como uma tripa escura, nem daquela história dos ratos que vinham do esgoto. Ao meio-dia contei para as crianças. Não exatamente que ia casar, mas que a gente ia morar em outra casa e que um senhor muito bom ia cuidar para que eles fossem para a escola. Nenhum dos dois disse nem meia palavra, apesar de achar que entenderam. Tinham se habituado a não falar, e seus olhos haviam se tornado tristes.

E três meses depois daquele domingo, em uma manhã, cedo, casei com o Antoni, que a partir daquele dia passou a ser o Antoni pai, e o meu filho, o Antoni filho, até que a gente achou um jeito de chamá-lo de Toni.

Mas antes de casar ele mandou arrumar aquela casa. Eu disse que queria camas de latão para as crianças e ele providenciou camas de latão, como a que eu tivera quando solteira e precisara vender. Disse que queria armário de cozinha na parede e ele providenciou armário de cozinha na parede. Disse que queria centro de mesa sem mancha de tinta e ele providenciou centro de mesa sem mancha de tinta. E um dia eu disse que apesar de ser pobre era uma pessoa sensível e que preferia não levar para casa nova nenhuma das tristes coisas da casa velha: nem roupa. E a gente teve tudo novo, e quando eu disse que, apesar de ser pobre era uma pessoa sensível, respondeu que ele era como eu. E disse a verdade.

XLI

 As crianças começaram a estudar, cada uma no seu quarto com janela, com cama dourada, colcha branca, edredom amarelo no inverno, mesinha de madeira clara e sua poltroninha. Logo no dia seguinte de casados, o Antoni disse que não queria me ver nem cinco minutos mais limpando, que procurasse uma arrumadeira para as manhãs e as tardes, e, se quisesse criada, criada. Que não tinha casado comigo para me fazer lavar a roupa, mas que tinha casado para ter família, como me dissera, e queria ver a família dele feliz. Tínhamos tudo. Roupa, pratos, talheres e sabonete cheiroso. E como os quartos eram gelados no inverno e frios nos outros meses, fora do auge do verão todos dormíamos com escarpins.

A dona Enriqueta vinha me visitar e, da primeira vez, de novo, cutucando-me para eu contar minha noite de núpcias, e com que cara a gente tinha ficado sem poder fazê-la. E ria. Das primeiras vezes a gente sentava uma ao lado da outra no sofá com capa, mas depois a gente sentava cada uma em uma poltrona, porque ela dizia que o sofá afundava demais e tinha uma vareta do espartilho que ficava espetando embaixo do braço. Ela sentava com as pernas em uma posição muito estranha: os pés juntos e os joelhos separados, muito reta, com a boca de peixe e o nariz de papagaio que ficava lá em cima de tudo, em cima dela mesma. Mostrei-lhe tudo o que tinha, a roupa de sair e a roupa para ficar em casa, e ela disse que não era possível que a loja rendesse tanto, que o Antoni devia ter dinheiro guardado, e eu disse que não sabia. E o biombo deixou-a muito admirada. Que ideia, disse. E quando contei que tinha arrumadeira ela disse que bem que eu merecia. Contei que o nome dela era Rosa, e às vezes a dona Enriqueta vinha mais cedo para poder ver a Rosa, principalmente no dia em que a Rosa passava roupa, pois sempre passava roupa na sala do sofá com capa, só para poder vê-la passando. Quando ia embora, saía pela loja, e o Antoni, desde o primeiro dia, toda vez lhe dava um pacote de biscoitos, pequeno, e desse jeito a conquistou, tanto assim que quando ela vinha só falava do Antoni e olhava para ele com mais carinho do que se fosse alguma coisa dela.

Um dia caçamos um rato muito pequeno. A gente o encontrou preso em um começo de tarde. Fui eu que o descobri. Chamei todo mundo e saímos todos para o pátio. Ele ficara preso em uma daquelas ratoeiras que disparam e foi esmagado bem no meio. Estava despedaçado e punha para fora um pouco de tripa misturada com sangue, e pelo buraquinho de baixo de tudo saía o focinho de um filhote. Tudo era muito delicado: a cor, os dedos das patinhas e a brancura da pele da barriguinha, que não era bem branca, mas parecia, porque era de um cinza bem mais claro que as outras partes do corpo. Havia três moscas-varejeiras grudadas no sangue; quando a gente chegou mais perto, uma delas voou como se tivesse ficado muito assustada, mas logo se juntou de novo às outras. As três eram bem pretas, com veios azuis e vermelhos, como o diabo que o Quimet contava, e se entupiam de animal morto, como o Quimet dizia que o diabo fazia quando se disfarçava de mosca. Mas tinham a cara preta, e o Quimet tinha me dito que o diabo, ainda que saísse de mosca-varejeira, tinha o rosto soltando chamas. E as mãos. Para não ser confundido com as moscas-varejeiras de verdade. E o Antoni, quando viu que estávamos tão abobados, pegou ratoeira e rato de uma tacada só, foi até a rua e jogou tudo no buraco do bueiro.

As crianças gostavam muito do Antoni, e eu que tivera tanto medo de que pegassem raiva dele. Principalmente o menino gostava muito dele. A menina já era outra história: era mais desapegada. Mas o menino, quando não tinha nada

para estudar, sempre ia na frente e atrás do Antoni, e se o Antoni lhe mandava fazer alguma coisa, fazia, feliz da vida. E se o Antoni lia o jornal depois de jantar, o menino ia se chegando e, com a desculpa de ler o jornal, se aninhava nele.

XLII

Vivia fechada em casa. A rua me dava medo. Assim que punha o nariz para fora, me assustava com as pessoas, os automóveis, os ônibus, as motos… Tinha o coração apertado. Só me sentia bem em casa. Aos poucos, e olha que me custava, ia sentindo a casa minha, as coisas minhas. O escuro e o claro. Conhecia a claridade do dia e sabia onde caíam as manchas de sol que entravam pela sacada do quarto e da sala: quando eram compridas, quando eram curtas. E as crianças fizeram a primeira comunhão. Todos usamos roupa nova. A dona Enriqueta veio me ajudar a vestir a menina. Enquanto eu a esfregava de cima a baixo com água-de-colônia, disse, olha, que retinha… e a dona Enriqueta disse, dava para seguir a coluna dela com uma gota de óleo. E pusemos o vestido e o véu, e a dona Enriqueta com a boca cheia de alfinetes ia prendendo o véu e a coroa nos cabelos. A Rita, depois de vestida, parecia uma boneca. Demos a festa em casa e quando acabou a festa entrei no quarto da menina para ajudá-la a tirar a roupa e, enquanto dobrava a anágua em cima da cama, a menina disse que o pai de uma amiga dela da escola, que também fizera a primeira comunhão naquela manhã, estivera na guerra, e disseram que ele tinha morrido, mas fazia dois dias que voltara, muito doente, mas vivo; e que eles não tinham tido notícia porque ele ficara trancado em um presídio, muito longe, e ninguém o deixava escrever cartas... E me virei devagar e vi que a menina me olhava e enquanto me olhava percebi que ela sofrera uma grande mudança durante todo aquele tempo em que eu lutava para me acostumar à nova vida. A Rita era o Quimet. Os olhos de mico e aquela coisa que não dava para explicar o que era, mas que parecia uma vontade de fazer sofrer. E começou a angústia e dormir mal e não dormir e não viver direito.

Se o Quimet não estivesse morto, voltaria. Quem podia afirmar que o vira morto? Ninguém. É verdade que o relógio que me trouxeram era o dele, mas talvez tivesse passado para as mãos de outro, e o que fizera crer que estava morto era terem encontrado o relógio em um braço que talvez não fosse o braço do Quimet. E se estivesse vivo como o pai da amiga da Rita e voltasse doente e me encontrasse casada com o merceeiro da ervilha? Só pensava nisso. Quando as crianças não estavam em casa e o Antoni atendia na loja, ia para cima e para baixo pelo corredor, como se o tivessem feito especialmente para mim, muito antes de saber que precisaria dele para ir para cima e para baixo: da sacada da sala até a japonesa da sala de jantar, da japonesa até a sacada da sala. Entrava no quarto do menino? Parede. Entrava no quartinho-despensa? Parede. Tudo eram paredes e corredor e bambuzinhos com japonesa. Paredes e paredes e corredor, e paredes e corredor, e eu para cima e para baixo pensando na mesma coisa, e de vez em quando entrava em um dos quartos das crianças, balançava a cabeça para a frente e para trás, como um martelo; e para o outro quarto, e outra vez balançando a cabeça, e para cima e para baixo e paredes. E abrir e fechar gavetas. Quando a arrumadeira terminava de lavar a louça e ia embora e dizia, melosa: até amanhã, dona Natàlia, eu entrava na cozinha. E a parede. E a torneira. E abria a torneira, só um fiozinho de água, e com o dedo cortava o fiozinho de um lado para o outro, como o bastãozinho que limpa o vidro dos carros quando chove, meia hora, quarenta e cinco minutos, uma hora... sem saber, no fim, nem o que estava fazendo. Até que o braço me doía e isso me distraía de ver o Quimet voltando de correr mundo, talvez recém-saído de uma prisão, direto para sua casa, subindo até o apartamento. E no apartamento encontraria outras pessoas e desceria para perguntar para o merceeiro de baixo o que tinha acontecido, e o merceeiro de baixo diria que eu tinha casado com o merceeiro da ervilha porque a gente pensava que ele tinha morrido na guerra, e o Quimet então iria aparecer e tacar fogo em tudo. E ele, que lutara na guerra, ver-se-ia sem apartamento, sem mulher e sem filhos. Saído da prisão. Viria doente como nunca... Porque eu sempre acreditava quando me dizia que estava doente. E se um pouquinho de vento fazia mexer os bambuzinhos da japonesa e eu estava de costas para os bambuzinhos, eu virava com o coração apertado e cansado, imaginando que ele já estava ali. E já podia sair atrás dele explicando que nada, que só tinha ficado casada com ele... de um par de bofetões não ia conseguir escapar. E esse medo durou uns dois ou três anos. Talvez mais, talvez menos, porque tem coisas que se apagam... E a dona Enriqueta pegou a mania de falar do Quimet assim que a gente ficava sozinha, você se lembra de quando ele levava o menino na moto? E o que ele falou quando nasceu o menino e o que ele falou quando nasceu a Rita e o que ele falou quando a chamou de Colometa? Lembra? Lembra?

Tive de sair de casa na marra porque nem dormia nem comia. Precisava passear. Precisava me distrair. Todo mundo me dizia que eu tinha de tomar ar. Porque vivia como se estivesse trancada em uma prisão... No primeiro dia em que saí com a Rita depois de tanto tempo trancada, o cheiro da rua me deixou enjoada. Fomos olhar vitrinas no Carrer Gran. Chegamos andando bem devagar e, quando estávamos lá, a Rita me olhou e disse que eu estava com os olhos assustados. E eu respondi que ela tinha mania de achar coisas. E olhamos vitrinas e tudo me era indiferente... E a Rita quis atravessar, quando chegamos embaixo, para subir pelo outro lado. E quando pus o pé em cima da pedra da guia da calçada, o mundo ficou nebuloso e vi as luzes azuis, pelo menos uma boa dúzia delas, como um mar de manchas azuis balançando na minha frente. E caí. E tiveram de me acompanhar até em casa. À noite, quando já me sentia melhor, enquanto jantávamos, a Rita disse, não sei como é que a gente vai fazer, porque quando tem de atravessar a rua ela desmaia. E disse que meus olhos ficavam apavorados. E todos disseram que a culpa era de eu ter ficado tanto tempo trancada em casa, mas que aos poucos tinha de me esforçar para sair. E saí, mas para outros lados. E, sozinha, passeava pelos parques...

XLIII

Vi cair muitas folhas e vi nascer muitos brotos. Um dia, enquanto a gente almoçava, a Rita virou e disse que queria aprender línguas e só línguas, para poder trabalhar na aviação. Daquelas que vão nos aviões e ajudam os passageiros a apertar o cinto para que não escapem voando e levam licorzinho e colocam travesseiro atrás da cabeça. E o Antoni, mal ela terminou de falar, disse que sim. E de noite eu disse para o Antoni que, antes de concordar, devíamos ter conversado ele e eu, para ver se era bom ela andar de avião, e ele disse que talvez tivesse sido bom ter conversado antes, mas que se a Rita tinha enfiado na cabeça essa história de voar, não ia adiantar nada fazer-lhe mil advertências. Falou que a gente tinha de deixar os mais jovens sossegados, que eles sabem mais do que os velhos, que andam para trás que nem caranguejo. E disse que fazia muito tempo que queria me dizer uma coisa, que se ainda não tinha me dito era porque eu parecia uma pessoa com pouca vontade de conversar e com pouca disposição para ouvir, mas que, já que a gente estava conversando sobre a Rita, precisava me dizer que nunca na vida estivera tão feliz como desde que passou a ter nós três dentro de casa e que tinha de me agradecer porque, com a felicidade que sentia dentro de si, acabava tendo sorte e as coisas estavam indo bem para ele, ainda que as coisas não fossem mais como antes. E que todo o dinheiro que ele tinha era para nós. E dormiu.

E eu não sabia se estava dormindo ou acordada, mas via os pombos. Como antes. Era tudo igual: o pombal pintado de azul-escuro, as chocadeiras transbordando de sisal, o terraço com os varais que iam enferrujando porque não podia estender a roupa, o alçapão, os pombos fazendo procissão da área para a sacada da rua depois de atravessarem todo o apartamento com passinhos curtos... Tudo era igual, mas

tudo era bonito. Eram pombos que não sujavam, que não catavam suas pulgas, que só voavam para o alto como anjos de Deus. Fugiam como um grito de luz e de asas por cima dos terraços... Os filhotes já nasciam cobertos de penas, sem veias, sem penugem naquele pescoço tão triste, com a cabeça e o bico na medida do corpo. E os pais não enfiavam comida dentro deles com aquela ansiedade febril, e os filhotes não a aparavam com gritos desesperados. E se caía um ovo chocado no chão, não fedia. Eu cuidava deles, punha sisal novo. A água dos bebedouros não turvava nem quando fazia calor...

No dia seguinte, contei isso para uma senhora que sentara ao meu lado no banco de um parque, de frente para as rosas. Contei que havia tido quarenta pombos... quarenta casais de pombos: oitenta... De todo tipo. Pombos de gravata de cetim e pombos com as penas penteadas para cima que pareciam nascidos no país do tudo ao contrário.... Romanos, rabo de pavão... brancos, vermelhos, pretos, manchados... com tufo de penas, com xalezinho... com uma volta de penas da cabeça até o bico, que lhes cobria os olhos... com pintinhas cor de café com leite... Todos viviam em uma torre feita especialmente para eles, na qual se subia por uma rampa em caracol, e a rampa tinha do lado de fora janelinhas estreitas e compridas e, do lado de dentro, ao pé de cada janelinha, tinha uma chocadeira com um pombo chocando. E o que esperava para revezar ficava no parapeito da janelinha, e se alguém olhava a torre de uma certa distância, era como uma grande coluna toda coberta de pombos que pareciam de pedra, mas que eram de verdade. E nunca levantavam voo das janelas, e sim do alto da torre, e de lá partiam como uma coroa de penas e bicos, mas com a guerra tinha caído uma bomba em cima e acabara com tudo.

Parece que aquela senhora contou isso para outra. E essa outra para uma terceira. E uma ia contando para outra ao pé do ouvido, e quando me viam chegando sempre tinha uma que avisava as demais: lá vem a senhora dos pombos. E às vezes alguma que ainda não sabia da história perguntava: a guerra matou todos os pombos dela? E outra dizia para sua vizinha de banco: e diz que ela sempre pensa neles... E outra explicava para quem não sabia, o marido dela mandou construir uma torre especial para que ela pudesse enchê-la de pombos, e parecia uma nuvem de glória... E quando falavam de mim tal como pensavam que era, diziam: ela sente falta dos pombos, tem saudade dos pombos a senhora dos pombos, que vive só com saudade dos pombos e da torre com as janelinhas no alto de tudo...

E para ir até os parques fugia das ruas onde passavam muitos automóveis, porque ficava zonza, e às vezes dava uma grande volta até chegar, para poder passar por ruas tranquilas. E para ir até cada parque tinha dois ou três caminhos, para não ficar muito chato ir sempre pelo mesmo. E parava diante das casas que me agradavam e as olhava bem, e tinha casa que, fechando os olhos, eu conhecia de memória. E se via uma janela aberta e dentro não tinha ninguém, olhava dentro. E enquanto caminhava pensava, vamos ver se a janela com o piano preto vai estar aberta, ou vamos ver se vai estar aberta a entrada com o lustre das velas, ou vamos ver se o porteiro da entrada de mármore branco vai estar com os vasos das plantas na rua para regá-los, ou então vamos ver se a mansão com o jardim na frente e a fonte com cerâmica azul vai estar com o esguicho ligado... Mas nos dias em que chovia ficava em casa e não me sentia bem, e no fim saía também nos dias de chuva, e o parque ficava vazio de senhoras e eu levava um jornal, e se só chovia um pouquinho punha o jornal estendido em cima do banco e sentava com o guarda-chuva aberto e olhava de que jeito a chuva inclinava as folhas e abria ou fechava as flores... E voltava para casa, e de vez em quando uma chuvarada forte me pegava, mas não me incomodava, eu até gostava; não tinha pressa de voltar, e se aquele era o dia de passar pela entrada de mármore com os vasos de plantas verdes na rua para que tomassem chuva, sempre parava um tempinho para olhá-las e sabia as folhas que cada vaso tinha e sabia as que tinham sido cortadas quando nasciam as novas. E ia pelas ruas desertas e vivia devagar... E de tanto ir de uma coisa suave para outra, fiquei mole que nem um figo e tudo me fazia chorar. E sempre trazia um lencinho dentro da manga.

XLIV

Uma noite, quando o garoto ia para o seu quarto, Antoni disse que não fosse ainda, que sentasse um pouco conosco, que gostaria de falar com ele. Eu já havia tirado a mesa e colocado a toalhinha de centro, e no meio o jarro das senhoras com os véus e as cabeleiras, com as flores que já fazia tempo que trocara porque as rosas e as margaridas tinham desbotado e sujado, e em vez daquelas flores pusera tulipas e ramos de avelaneira. O Antoni disse para o garoto que gostaria de saber se ele já tinha pensado o que queria fazer quando crescesse, que talvez, como era estudioso e ia bem nos estudos, gostasse de seguir carreira e que começasse a pensar que carreira gostaria de seguir. Que refletisse com calma, que não precisava responder na hora, que tinha tempo de sobra. O garoto ouvia com o olhar baixo e, quando o Antoni parou de falar, levantou a cabeça, primeiro olhou para mim e depois olhou para o Antoni e disse que não tinha de pensar, porque já tinha feito a escolha havia muito tempo. Disse que não tinha vontade de seguir carreira, que estudava para saber algumas coisas que todo mundo precisa saber, porque é necessário estudar e estava muito contente de estudar, porque isso o deixava mais instruído, mas que ele era prático e não queria sair de casa, e tudo o que pedia era que o deixasse ser merceeiro como ele, porque, disse, o senhor cada dia vai ficar mais velho e precisará mais de alguém para ajudá-lo. O Antoni tinha pegado um pouco de musgo e fazia bolinha. E disse, preciso prevenir você: trabalhar de merceeiro é uma coisa para não morrer de fome. Mas é um trabalho de pouco brilho.

E ainda falou, e continuava apertando a bolinha de musgo, que talvez dissesse o que dizia para contentá-lo e que dava a conversa por aberta e não por encerrada e que o deixava pensar o quanto quisesse. Não queria que mais

tarde se arrependesse de ter se comprometido por causa de algumas palavras ditas para satisfazer alguém. E que ele, o Antoni, já tinha notado que ele, o meu filho, era um garoto com uma cabeça suficientemente boa para poder fazer o que quisesse da vida. O garoto ficava com os lábios apertados durante todo o tempo em que não falava e com duas rugas compridas entre as sobrancelhas: de teimosia. E disse que sabia muito bem o que dizia e o que fazia e por que o fazia e por que o dizia. E disse isso pelo menos duas vezes e por último explodiu, ele, que era tão obediente e recolhido. Explodiu e antes de explodir pegou um pouco de musgo, nervoso, e fez balançar todas as flores, então já eram dois fazendo bolinha. E disse que se decidia ser merceeiro era porque queria ajudá-lo e continuar o que ele fazia e levar a loja adiante porque ele gostava daquela loja. Deu boa-noite depressa e foi para o quarto. E quando a gente estava indo dormir, corredor abaixo, um atrás do outro, o Antoni ia dizendo como se não soubesse terminar, não mereço isso... não mereço isso... mas disse ainda que achava que o garoto estava cometendo um disparate e que para ele seria um orgulho vê-lo médico ou arquiteto e pensar que praticamente tinha saído das suas mãos.

Sempre tirávamos a roupa atrás do biombo para não ficar com o quarto cheio de roupa jogada pelas cadeiras toda noite. Atrás do biombo tinha um banquinho para a gente se descalçar e um cabideiro. O Antoni saía com o pijama vestido e eu, antes ou depois dele, saía com a camisola de dormir, ainda fechando os botõezinhos até o pescoço e os botõezinhos de cada punho. O Antoni, no início, me explicou que o costume de tirar a roupa atrás do biombo vinha da mãe dele. O tecido do biombo, enrugado de cima a baixo, preso com barrinhas de latão para a gente poder tirar e lavar, era azul-claro e todo semeado de margaridas brancas como se tivessem sido jogadas.

Nas noites em que tinha sono leve, mas dormia, eu era acordada pelo primeiro carro que ia para a praça e me levantava para beber água, e depois de beber dava uma olhada para ver se as crianças dormiam bem e, como não sabia o que fazer, atravessava a japonesa e andava pela loja. Enfiava a mão dentro dos sacos de grãos. No de milho, mais do que nos outros, porque era o que ficava mais perto da sala. Enfiava a mão dentro e tirava um punhado de grãozinhos amarelos com o olhinho branco e levantava o braço bem alto e abria a mão, e todos os grãozinhos caíam como uma chuva, e eu voltava a pegar e depois cheirava minha mão e cheirava o cheiro de tudo. E, com a claridade que vinha do lustre que deixava aceso na cozinha, via brilhar a frente de vidro das gavetinhas de massa para sopa, a miúda: de estrelinha, de letrinha, de milho, de semente de pimentão. E brilhavam os potes de vidro: os das azeitonas verdes e os das azeitonas pretas, todas enrugadas como se tivessem chegado aos cem anos. E mexia as azeitonas com o colherão de madeira que parecia um remo, e nas beiradas da água formava-se espuma. E subia o cheiro forte de azeitona. E assim, distraída, às vezes pensava que depois de todos aqueles anos o Quimet estava morto e bem morto, ele, que era como um azougue, fazendo desenhos de móveis embaixo da franja cor de morango do lustre da sala... e pensava que não sabia onde tinha morrido nem se o tinham enterrado, tão longe... nem se ainda estava sobre a terra e a grama seca do deserto de Aragão com os ossos ao vento e que o vento os enchia de poeira, menos as costelas, que eram como uma gaiola vazia arredondada que estivera cheia de pulmão cor-de-rosa com buracos fundos e bichinhos. E as costelas estavam todas lá, menos uma que era eu, e quando me separei da gaiola de costelas logo peguei uma florzinha azul e a desfolhei, e as folhas caíam girando no ar como os grãozinhos de milho. E todas as flores eram azuis, da cor da água do rio e do mar e da fonte, e todas as folhas das árvores eram verdes como a serpente que vivia escondida e com uma maçã na sua boca grande. E quando colhi a flor e a desfolhei, Adão bateu na minha mão, epa, não complica! E a serpente não podia rir porque tinha de segurar a maçã e me seguia escondida... E voltava a dormir e apagava a luz da cozinha, e o carro já tinha passado fazia tempo e vinham mais carros e caminhões, todos descendo, descendo, descendo... E às vezes o rodar de tantas rodas me levava embora o pensamento, e eu voltava a dormir...

XLV

— Tem um rapaz que quer falar com você — disse o Antoni quando entrou na sala. A Rosa passava roupa e eu estava sentada no sofá com capa. Acrescentou que o rapaz tinha ido lhe dizer uma coisa, mas que ele pedira para ele esperar um momento, porque era para mim que tinha de dizer aquela coisa. Pareceu-me um pouco estranho. Disse para a Rosa que voltava logo. Está bem, dona Natàlia. Fui até a sala bastante curiosa e pelo corredor o Antoni me falou que o rapaz que queria me ver era o rapaz mais bem-apanhado do bairro. Cheguei à sala com as pernas meio dormentes e na sala estava o dono do bar da esquina, que era mais ou menos novo, porque fazia só dois anos que comprara o bar. O dono do bar, o Antoni tinha razão, dava gosto: muito bem-apessoado e com os cabelos pretos como a asa da graúna. E muito simpático. Logo que me viu disse que tinha sido moldado à antiga. Falei para ele sentar e sentamos. O Antoni nos deixou a sós, e o rapaz começou a falar. Disse que tinha um vício, o trabalho. Sou muito trabalhador. Disse que o bar-restaurante lhe permitia viver e poupar, apesar da época ruim, e que no ano seguinte compraria a loja de sabão que ficava do lado do bar, que já fazia tempo que estava em negociações, e que faria uma ampliação do bar e do salão de festas. Que, com essa ampliação, ganharia o suficiente para poder comprar, depois de uns três ou quatro anos, uma casinha em Cadaqués, perto de onde moravam os pais dele, porque se casasse queria que a mulher dele pudesse passar bem os verões, perto do mar, que, para ele, era uma das coisas mais lindas do mundo.

— Sou filho de pais muito unidos, na minha casa só vi alegria e bem-estar; e quero, quando casar, que a minha mulher possa dizer o que a minha mãe diz do meu pai, que

durante a vida inteira só a ouvi dizer isto: que sorte eu tive no dia em que topei com ele!

Eu ouvia sem abrir a boca, porque o rapaz parecia um moinho desembestado, e pensava onde é que ele ia parar. E quando se calou, se calou de vez. E esperando, esperando, passou um bom tempo até que por último, diante daquele grande impasse, eu disse, o senhor está querendo dizer...

E pronto. A Rita.

— Cada vez que a vejo passar é como se visse passar uma flor. E vim pedir a mão dela.

Levantei-me e passei a cabeça por entre os bambuzinhos e chamei o Antoni, e quando ele veio e ia colocá-lo a par falou que já sabia e sentou. Eu disse que a Rita não tinha me falado nada e que precisava esperar que minha filha me dissesse alguma coisa. E ele disse, me chame de Vincenç. E acrescentou que a Rita não sabia de nada. Falei que a primeira coisa que ele tinha de fazer era falar com a Rita, mas que precisava levar em conta que a Rita era muito novinha. Ele disse que não se importava de ela ser novinha, que esperaria se ela quisesse esperar, mas que estava disposto a casar amanhã mesmo e que não tinha de falar com ela, que fora educado à antiga e não teria coragem, que a gente falasse com ela e vamos ver o que ela dizia. Vocês podem pedir informações a meu respeito, se acharem que é o caso. Eu disse que falaria com a Rita, mas que minha filha tinha um gênio ruim e que talvez, daquele jeito, a gente não chegasse a lugar nenhum. Dito e feito. Quando a Rita voltou para casa contei que o moço do bar tinha vindo pedi-la em casamento. Olhou para mim e em vez de dizer alguma coisa foi para o quarto dela deixar os cadernos, e depois até a cozinha para lavar as mãos, e voltou dizendo: a senhora acha que eu tenho vontade de casar e me enterrar e ser a esposa do cafeteiro da esquina?

Sentou na sala, penteou o cabelo para trás com duas passadas de mão e me olhou, e os olhos sorriam e de repente começou a rir praticamente sem conseguir dizer nenhuma palavra e, de vez em quando, quando conseguia, dizia: não faça essa cara...

E me contagiou o riso, e sem saber do que ria também comecei a rir, e ríamos alto, e veio o Antoni e afastou os bambuzinhos com as duas mãos e, sem entrar na sala, enfiou a cabeça por entre os bambuzinhos e disse, vocês estão rindo do quê? E ao vê-lo ali não conseguimos segurar mais o riso, e por último a Rita falou, da brincadeira do casamento, e disse que não queria casar, que queria correr mundo, e que não queria casar e que não queria casar e que a gente já podia dizer para o dono do bar que não e que não, e que ele estava perdendo tempo e que ela tinha outras preocupações. E perguntou, e ele veio mesmo para dizer que me pedia em casamento? E o Antoni disse que sim, e a Rita desatou a rir de novo, rá, rá, rá, e por último eu falei que já estava bom, que não era para rir tanto disso, de um bom rapaz querer casar com ela.

XLVI

O Vicenç voltou, chamado pelo Antoni, e eu falei para ele, a Rita é rebelde e só faz o que quer; que eu lamentava muito. E ele disse, vocês me aceitam? E a gente disse que sim, e ele falou, muito formal, a Rita vai ser minha.

Choveram flores e um convite para jantar no bar. O Toni ficou do lado da Rita e dizia que não estava gostando nada daquilo, que a Rita tinha razão, que, afinal, por que ela tinha que se amarrar com o rapaz do bar se o que ela queria era correr mundo? E que, se o rapaz do bar tinha vontade de casar, o país estava cheio de moças que iam querer na hora.

Numa manhã, a Rita estava na entrada da galeria, e eu, que sei lá o que estava fazendo pela sala, fiquei parada junto à sacada olhando-a. Ela estava de frente para o pátio e de costas para mim, e o sol projetava a sombra dela no chão, e os cabelos, contra a luz, ficavam cheios de fios mais curtos que esvoaçavam e brilhavam e a deixavam linda: tinha um corpo magro, as pernas compridas e roliças, e com a ponta do pé ia desenhando uma linha na poeira do chão, devagar, arrastando-a.

O pé ia de um lado para o outro desenhando a linha e de repente percebi que eu estava em cima da sombra da cabeça da Rita; melhor, a sombra da cabeça da Rita subia um pouco em cima dos meus pés, mas mesmo assim o que me pareceu foi que a sombra da Rita, no chão, era uma alavanca, e que a qualquer momento eu poderia ir pelos ares, porque pesavam mais o sol e a Rita fora do que a sombra e eu dentro. E senti de uma maneira intensa a passagem do tempo. Não o tempo das nuvens e do sol e da chuva e da procissão de estrelas enfeitando a noite, não o tempo das primaveras dentro do tempo das primaveras e o tempo dos outonos dentro do tempo dos outonos, não o que coloca folhas nos galhos ou o que as arranca, não o que encrespa
 e desencrespa e colore as flores, mas o tempo dentro de mim, o tempo que não se vê e nos oprime. O que roda e roda dentro do coração e o faz rodar e nos vai mudando por dentro e por fora e com paciência nos transforma em como seremos no último dia. E enquanto a Rita desenhava a linha no pó com a ponta do pé, voltei a vê-la com os bracinhos para cima correndo em volta da sala atrás do Antoni e ensaiando os primeiros passos entre uma nuvem de pombos... E a Rita se virou, um pouco admirada de me ver em pé na entrada da sala, e disse que voltava logo e saiu pela portinha do pátio. Voltou depois de uma meia hora bem comprida, com as bochechas rosadas, e falou que estava voltando de um encontro com o Vicenç e que tinha brigado com ele, porque ela tinha dito para ele que a primeira coisa que um rapaz que quer casar com uma moça tem de fazer é conquistá-la, e não ir falar em segredo com a família, e que dissera que não se deve mandar flores para uma moça

sem saber, antes, se ela vai ficar contente de recebê-las. E perguntei o que é que o Vicenç tinha respondido, e parece que ele disse que estava muito apaixonado e que se ela não o quisesse ia fechar o bar e virar frade.

E fomos jantar no bar do Vicenç. A Rita foi com um vestido azul-claro com bolinhas brancas bordadas e ficou o tempo todo emburrada e sem provar nenhum prato. Dizia que não tinha fome. E o Vicenç, por último, na sobremesa, quando o garçom já não vinha e voltava mais trazendo e levando os pratos, disse como se falasse consigo, tem gente que tem talento para deixar uma mulher apaixonada, e eu não tenho.

Com essas palavras a conquistou. E começou o namoro. Um namoro como uma guerra. De repente a Rita dizia que o noivado tinha terminado e que não queria casar nem com o Vicenç nem com ninguém. Ficava trancada no quarto dela. Saía para ir à escola e assim que tomava o ônibus, cujo ponto era praticamente na frente do bar, aparecia o Vicenç.

— Às vezes eu acho que ela gosta de mim e depois de dois dias eu já acho que não. Dou uma flor de presente e ela fica feliz, e dois dias depois eu dou outra flor e não gosta.

O Antoni entrava na sala, sentava e pegava seu tiquinho de musgo. Consolava o Vicenç dizendo que a Rita era muito nova, uma criança, e o Vicenç dizia que já sabia e que por isso tinha tanta paciência, mas que ia definhando, porque com a Rita nunca sabia em que pé estava. Na hora em que a Rita estava a ponto de voltar, o Vicenç fugia. Às vezes, o Toni se juntava à conversa e, quando via que o Vicenç sofria de verdade, ficava triste. Aos poucos foi se inclinando para o lado do Vicenç e começou a brigar com a Rita para defender o Vicenç. E depois que você tiver corrido mundo, e aí?, dizia para ela.

Quando o Antoni e o rapaz falavam da loja e do que precisavam comprar e de que maneira deveriam conduzir o negócio, às vezes eu deixava os dois sozinhos ou entrava e saía da sala, arrumando, sem ouvi-los. Mas numa noite ouvi a palavra soldado e fiquei em pé junto à cozinha, como se me tivessem pregado no chão. O Antoni dizia que com certeza poderia servir ao Exército em Barcelona, mas sei lá o que ele falou que nesse caso teria de servir um ano a mais, e o rapaz disse que preferiria servir um ano mais e poder ficar em Barcelona do que servir um ano menos e ir parar sabe-se lá onde. E disse para o Antoni não estranhar, que quando era pequeno, durante a guerra, como não tinham o que comer, tivera de passar uma temporada fora de casa e que tinha ficado com uma espécie de delírio de querer ficar em casa, de estar sempre em casa, como um cupim dentro da madeira, e que esse delírio não tinha passado e que não ia passar nunca. E o Antoni disse, de acordo. E entrei na sala; e o Antoni, assim que me viu, disse que logo, logo veria o rapaz de uniforme.

XLVII

A Rita marcou a data do casamento na frente de todo mundo e disse que dizia que sim para não ter de ver mais o Vicenç com cara de alma penada e fazendo o bairro inteiro achar que ele era uma vítima. E fazendo que ela passasse, só de verem a cara dele e sem dizer nem meia palavra, por uma moça ruim. E que com a fama que ele a estava fazendo ganhar, se não casasse com ele teria de ficar para titia, e ela tampouco gostava disso, porque a vontade dela, já que não podia fazer o que se havia proposto, servir em um avião, era entrar em um cinema ou um teatro, muito bem-vestida e com um homem bonito do lado, e o Vicenç, ela reconhecia, era bonito. A única coisa que a incomodava, e era o que a incomodava mais que tudo, era que o Vicenç fosse do bairro e tivesse o estabelecimento tão perto de casa. Perguntamos por que isso a incomodava tanto e ela disse que não sabia explicar direito, mas que lhe dava uma espécie de angústia, que casar com alguém que morasse tão perto de casa era como casar com alguém da família e que isso lhe fazia perder um pouco o gosto de casar. E do noivado para que um se acostumasse com o outro, que foi um noivado longo, passaram para o noivado de preparação do casamento. Mandamos chamar uma costureira duas vezes por semana e armamos a sala de trabalho na sala do sofá com capa. Enquanto a costureira e a Rita costuravam, aparecia o Vicenç; a Rita assim que o via ficava nervosa e dizia que se não fosse do bairro ele não ia conseguir vir para xeretar. Antes da hora, já vai saber como é tudo... O Vicenç percebia o que acontecia com a Rita, mas não conseguia ficar sem vir, e entrava na sala como se fosse cometer um pecado, ficava um tempinho quieto sem se mexer e, quando via que todas trabalhávamos, ia embora, e no fim eu ia embora também e deixava que a Rita e a costureira fizessem o vestido, porque a Rita

achava que eu não costurava suficientemente bem. E ia para o parque, o que também me cansava. Ficava cansada de ver todas aquelas senhoras conhecidas me esperando com cara de pena porque havia tido pombos. E aquela compulsão que eu tinha antes, de falar dos pombos e da torre, foi passando com os anos.

Se por vezes queria pensar nos pombos, preferia pensar neles sozinha. E pensar do jeito que quisesse; porque às vezes pensar neles me deixava triste e outras vezes não. E dependendo do dia, embaixo de folhas e galhos, me dava uma vontadezinha de rir, porque me via anos atrás matando filhotes dentro do ovo. E se saía de casa com guarda-chuva porque estava nublado, se pelo parque via alguma pena de passarinho, eu a cutucava com a ponta do guarda-chuva bem para dentro da terra e a enterrava. E se topava com alguma das senhoras que me conheciam e ela me dizia, você não aparece mais?, dizia, não, não sei o que acontece, mas, se eu sento, me sinto mal. E se o tempo esfria um pouco, dizia, se eu sento, toda a umidade das folhas vem para as minhas costas e de noite eu tusso... E me livrava delas assim e me entretinha olhando as árvores, que viviam de pernas para o ar, com todas as folhas que eram os pés. As árvores que viviam com a cabeça dentro da terra comendo terra com a boca e com os dentes que eram as raízes. E o sangue corria por elas diferente de como corre por dentro das pessoas: direto da cabeça até os pés, tronco acima. E o vento e a chuva e os passarinhos faziam cócegas nos pés das árvores, tão verdes quando nasciam. Tão amarelas na hora de morrer.

E voltava para casa um pouco tonta como sempre, porque não sabia o motivo, mas o ar me fazia mal, e assim que entrava na sala já encontrava as luzes acesas e a Rita reclamando e a costureira com a cara preocupada e o Vicenç em pé ou então sentado ou então já tinha ido embora. E o Antoni sempre me perguntava se tinha passeado bastante. E às vezes o Toni também ficava olhando a costureira e a Rita costurar, ou então o encontrava gritando com a Rita porque tinha fome quando chegava do quartel e a Rita não queria lhe preparar um lanche porque dizia que se ficasse perdendo tempo não teria a roupa pronta na hora de casar e que queria ter tudo pronto e não ter de dar nunca mais um ponto sequer, e que na hora em que estivesse casada começaria a viver só para se divertir. Às vezes encontrava todos eles tomando lanche e discutindo alguma coisa que nem eles sabiam o que era. E ao chegar ia logo tirando os sapatos e sentando no sofá, e enquanto conversavam ainda via as folhas, as vivas e as mortas, as que caíam do galho com um gemido e as que caíam sem dizer nada e desciam dando voltas como uma pena de pombo muito fina quando cai lá de cima.

XLVIII

E chegou a hora do casamento. Choveu a noite inteira e na hora de ir para a igreja chovia a cântaros. A Rita se vestiu de noiva porque eu quis que ela se vestisse de noiva, porque um bom casamento é um casamento com a moça vestida de noiva. E fizemos o casamento e, ao mesmo tempo, a celebração do aniversário do meu casamento com o Antoni. A dona Enriqueta, que envelhecia rápido, deu de presente o quadro das lagostas para a Rita, porque você sempre ficava olhando para ele quando era pequena... O Antoni lhe deu muito dinheiro, para que não fosse uma noiva sem dote. O Vicenç disse que para ele tanto fazia, embora agradecesse, porque ele casaria com a Rita com dote ou sem dote, e a Rita disse que o dote serviria para quando se separasse do Vicenç. A Rita, quando casou, tinha de tudo. Fizemos o almoço no bar do Vicenç, no salão de festas, que já tinha sido ampliado porque ele comprara a loja de sabão havia tempo, e toda a parte de cima veio para baixo, e pelas paredes havia guirlandas de trepadeira com rosas brancas de papel, porque as de verdade tinham acabado. E amarraram fitas nos lustres e elas pendiam com uma rosa de papel amarrada na ponta de baixo e, além disso, havia lanterninhas vermelhas que ficaram acesas de dia. Os garçons não conseguiam se mexer de tão engomada que traziam a camisa. Os pais de Vicenç desceram de Cadaqués, vestidos de preto e com os sapatos muito lustrosos, e meus filhos e o Vicenç e o Antoni, todos, quiseram que eu fizesse um vestido de seda cor de champanhe. E que usasse um colarzinho comprido de pérolas cultivadas. O Vicenç, muito pálido porque tinha chegado aquele dia depois de ele dizer muitas vezes que não chegaria nunca, parecia que o tinham matado e depois ressuscitado na marra. A Rita de mau humor porque quando saiu da igreja molhou a cauda do vestido e o véu. O Toni não pôde vir até a igreja e veio para o almoço vestido de soldado e dançou vestido de soldado. E tivemos de ligar o ventilador, e as rosas de papel, com o vento artificial, tremulavam. E a Rita dançou com o Antoni, e o Antoni estava mole como um pêssego maduro. E os pais do Vicenç, que não me conheciam, disseram que estavam muito contentes de me conhecer e eu lhes disse que também estava muito contente de conhecê-los e disseram que o Vicenç, por carta, sempre lhes falava da Rita e da dona Natàlia. Depois de três danças a Rita tirou o véu porque atrapalhava para dançar e dançou com todo mundo, e quando dançava ria e jogava a cabeça para trás e segurava a saia, e os olhos dela brilhavam, e tinha perolazinhas de suor entre o nariz e o lábio de cima. E quando a Rita dançou com o Antoni, a dona Enriqueta, que usava uns brincos com pedras de cor lilás, chegou perto e falou, se o Quimet pudesse vê-la... E vinham me cumprimentar pessoas que eu mal conhecia e me diziam, como está, dona Natàlia... E quando dancei com o soldado, que era o meu filho, com a palma da mão, com a pele riscada do punho até os dedos, contra a palma da mão do meu filho, senti como se a coluninha da cama feita de bolinhas umas em cima das outras se partisse, e soltei a mão dele e pus minha mão no seu pescoço e apertei, e ele falou, o que você está fazendo?, e eu disse, estou te estrangulando. E quando terminei de dançar com meu filho, o colarzinho de pérolas cultivadas prendeu em um botão da sua jaqueta de soldado e todas as pérolas rolaram pelo chão, e todos pegando as pérolas, e os que pegavam iam me dando, tome, tome, tome, dona Natàlia, e eu as enfiava no porta-moedas, tome, tome... A valsa eu dancei com o Antoni, e todo mundo fez roda para ver a gente dançar, porque o Antoni, antes de

começar os rodopios, pediu para o Vicenç anunciar que estávamos comemorando nosso aniversário de casamento. A Rita veio me dar um beijo. Falou baixinho, enquanto o Vicenç anunciava a valsa, que desde o primeiro dia se apaixonara loucamente pelo Vicenç, mas que não queria demonstrar isso para ele e que o Vicenç nunca ia saber que ela estava apaixonada. E enquanto dizia isso me fazia cócegas com os lábios e tive por um tempo na bochecha seu hálito quentinho. A festa já ia terminando e chegou a hora de nos separarmos. O Toni foi embora, os noivos também e, antes de ir, a Rita jogou o buquê. Fazia tanto calor lá dentro, e fora a tarde era fresca e rosada e com um não sei quê de fim de estação. Não chovia mais, mas a rua inteira tinha cheiro de chuva. Eu e o Antoni voltamos para casa e entramos pela portinha do pátio. Tirei o vestido atrás do biombo e o Antoni disse que teria de mandar enfiar o colar em um fio que não partisse, e ele também trocou de roupa e foi para a loja arrumar umas coisas. Sentei no sofá com capa, na frente do console. No espelho do console via o final da minha cabeça, só uns poucos cabelos, e de cada lado dormiam, dentro dos sinos de vidro, aquelas florezinhas sabe Deus depois de quantos anos. O caracol estava no meio do console, e era como se ouvisse aquela agitação do mar dentro dele... buuuum... buuuum... e pensei que talvez, quando ninguém estivesse ouvindo, não houvesse barulho dentro, e que aquilo era uma coisa que nunca ninguém poderia descobrir: se dentro do caracol havia ondas quando na entrada do buraco não tinha nenhuma orelha. Tirei as pérolas do porta-moedas e coloquei em uma caixinha e fiquei com uma e depois joguei dentro do caracol para fazer companhia para o mar. Fui perguntar ao Antoni se queria jantar e ele disse que só café com leite, e obrigado. E para responder, como eu tinha perguntado desde o corredor, entrou na sala e quando terminou de responder voltou para a loja por entre os bambuzinhos e eu voltei para o sofá com capa até que escureceu e no escuro fiquei, até que acenderam a luz da rua e entrou um pouco de claridade mortiça e manchou as lajotas vermelhas como um fantasma de luz. Peguei o caracol e o inclinei com muito cuidado, de um lado para o outro, para poder ouvir a pérola correndo dentro. Era vermelho com manchas brancas, com aguilhões, e a ponta alisada, de madrepérola por dentro. Coloquei-o de volta onde sempre estivera e pensei que o caracol era uma igreja e a pérola dentro era o monsenhor Joan e o buuuum... buuuum, um canto de anjos que só sabiam cantar aquela espécie de canção e mais nada. E voltei para o sofá e fiquei sentada até que o Antoni veio e me perguntou o que estava fazendo no escuro e eu disse que não estava fazendo nada. E me perguntou se estava pensando na Rita e eu disse que sim, mas eu não pensava na Rita. E sentou do meu lado e perguntou se a gente ia dormir cedo, porque tinha o corpo moído por não estar acostumado a usar colete e eu disse que também estava cansada e nos levantamos e fui preparar o café com leite e ele disse, só meia xícara...

XLIX

Acordei quando ouvi o Toni chegando, se bem que quando ele voltava de noite sempre atravessava o pátio na pontinha do pé. Comecei a passar o dedo por uma flor de crochê e de vez em quando puxava uma folha. Um móvel fez crec, talvez o console, talvez o sofá, talvez o gaveteiro... No escuro via de novo a parte de baixo da saia branca da Rita girando por cima de seus pés com sapatos de cetim e fivelinha de brilhantes. E ia passando a noite. As rosas da colcha tinham no meio um coração e, uma vez, um dos corações gastou e de dentro dele saltou um botãozinho muito pequeno, de meia bola... dona Natàlia. Levantei-me. O Toni deixara a sacada só encostada para não acordar ninguém... Fui fechar a sacada. E voltei para o quarto e me enfiei atrás do biombo no escuro e me vesti. E ainda era de madrugada. No escuro fui até a cozinha, como sempre, encostando a mão pelas paredes, descalça. Parei em frente à porta do quarto do rapaz e ouvi que respirava forte e tranquilo. E entrei na cozinha para beber água, por hábito. Abri a gaveta da mesinha de madeira branca com oleado xadrez em cima e tirei a faca de descascar batata que tinha a ponta fina. A parte cortante da faca tinha dentinhos como uma serra... dona Natàlia. Quem inventou a faca fizera o serviço muito bem-feito e devia ter matutado muito embaixo de algum lustre dependurado em cima de uma mesa depois do jantar, porque antes as facas eram diferentes e precisava vir o amolador, e os amoladores, por culpa de quem inventara a faca de serra queimando as pestanas, tiveram de mudar de profissão. Os coitados dos amoladores provavelmente agora faziam outra coisa e talvez ainda tivessem saído ganhando e tivessem moto e andassem pelas estradas como um raio com a mulher deles assustada atrás. Para cima e para baixo pelas estradas. Porque tudo era assim: estradas e ruas e corredores e casas para se enfiar dentro como um cupim dentro da madeira. Paredes e paredes. Uma vez, assim do nada, o Quimet me disse que os cupins eram uma desgraça e eu disse que não conseguia entender como eles faziam para respirar. Sempre esburacando e esburacando e que quanto mais esburacavam menos deviam poder respirar e ele me disse que já tinham sido feitos para viver assim, sempre com o nariz na madeira e bons trabalhadores, por gosto. E pensei que os amoladores talvez ainda vivessem da profissão, porque nem todas as facas eram facas de cozinha e de colônias e de abrigos, que têm uma administração que só pensa em economizar, mas que ainda restavam facas com a lâmina boa para passar pela pedra. E enquanto pensava assim nasceram os cheiros e os fedores. Todos. Um perseguindo o outro, procurando seu lugar e fugindo e voltando: o cheiro de terraço com pombos e o cheiro de terraço sem pombos e o fedor de água sanitária que depois de casada soube que tipo de fedor era. E o cheiro de sangue que já era como um anúncio do cheiro de morte. O cheiro de enxofre dos rojões e das bombinhas aquela vez na praça do Diamante e o cheiro de papel das flores de papel e o cheiro de secura da trepadeira, que ia desmanchando e formava no chão um tanto assim de coisas pequenas, pequenas, que eram o verde que tinha fugido do galho. E o cheiro de mar, tão forte. E passei a mão pelos olhos. E me perguntava por que chamavam os fedores de fedores e os cheiros de cheiros, e por que não podiam chamar de fedores os cheiros e de cheiros os fedores, e veio o cheiro que o Antoni tinha quando estava acordado e o cheiro que o Antoni tinha quando estava dormindo. E disse para o Quimet que talvez os cupins, em vez de trabalhar de fora para dentro, trabalhassem de dentro para fora e pelo buraquinho redondo tiravam a cabeça e pensavam nas maldades que estavam fazendo. E o cheiro das crianças quando eram pequenas, de leite e saliva, de leite ainda bom e de leite azedo vomitado. E a dona Enriqueta dizia que a gente tinha muitas vidas, umas entrelaçadas às outras, mas que uma morte ou um casamento, às vezes, nem sempre, as separava, e a vida de verdade, livre de toda espécie de fios de vida pequena que a haviam amarrado, podia viver como teria vivido sempre se as vidas pequenas e ruins a tivessem deixado sozinha. E dizia, as vidas entrelaçadas brigam entre si e nos martirizam e nós não sabemos de nada, como não sabemos nada do trabalho do coração nem da grande inquietação dos intestinos... E o cheiro dos lençóis cheios do meu corpo e do corpo do Antoni, aquele cheiro de lençol cansado que vai sugando o cheiro da pessoa, cheiro dos cabelos em cima do travesseiro, cheiro de todos os ciscos que saem dos pés na ponta da cama, o cheiro da roupa já usada deixada de noite em cima de uma cadeira... O cheiro do grão e o das batatas e do tonel de ácido nítrico... A faca tinha o cabo de madeira atravessado por três preguinhos com a cabeça achatada para que não pudesse desgrudar nunca mais da lâmina. Trazia os sapatos na mão e quando saí para o pátio encostei na sacada, movida por uma força que me puxava, que não vinha nem de dentro nem de fora de mim, e encostada em uma coluna para não cair calcei os sapatos... Pareceu-me ouvir o primeiro carro, longe, ainda meio perdido não sei onde no meio da noite que terminava... No pessegueiro se mexeram algumas folhinhas cheias de luz da rua, e umas asas de passarinho fugiram. Um galhinho tremeu. O céu era azul-escuro e contra esse azul tão lá de cima se recortavam os terraços das duas casas assobradadas do outro lado da rua com as galerias frente a frente. Tinha a impressão de que tudo o que fazia já o fizera antes, sem que pudesse saber nem onde nem quando, como se tudo estivesse plantado e com raízes em um tempo sem memória... E toquei meu rosto e era meu rosto com a minha pele e com o meu nariz e com a minha curva da bochecha, mas, mesmo sendo eu, via as coisas enevoadas, mas não mortas: como se sobre elas tivessem caído nuvens e nuvens de poeira... Dobrei à esquerda, indo para o Carrer Gran, antes de chegar ao mercado e mais abaixo da casa das bonecas. E quando cheguei ao Carrer Gran andei pela calçada de lajota em lajota, até chegar à pedra comprida da guia, e ali fiquei como um toco de madeira por fora, com todo um jorro de coisas que me subiam do coração até a cabeça. Passou um bonde, devia ser o primeiro que saíra da garagem, um bonde como sempre, como todos, desbotado e velho, e aquele bonde talvez me tivesse visto correr com o Quimet atrás, quando saímos como duas ratazanas loucas vindo da praça do Diamante. E fiquei com um incômodo na garganta, como um

grão-de-bico grudado na campainha. Senti tontura e fechei os olhos, e o vento que o bonde fez me ajudou a seguir em frente como se a vida me escapasse. E ao dar o primeiro passo ainda via o bonde andando, soltando faíscas vermelhas e azuis entre as rodas e os trilhos. Era como se andasse no vácuo, com os olhos sem olhar, pensando a cada segundo que ia afundar, e atravessei segurando firme a faca e sem ver as luzes azuis... E do outro lado me virei e olhei com os olhos e com a alma e me parecia que não era possível, de jeito nenhum. Tinha atravessado. E me pus a andar pela minha vida velha até que cheguei em frente à parede de casa, embaixo da varanda... A porta estava fechada. Olhei para cima e vi o Quimet, que, no meio de um campo, perto do mar, quando eu estava grávida do Antoni, me dava uma florzinha azul e depois ria de mim. Queria subir até meu apartamento, até meu terraço, até a balança e encostar a
mão nela ao passar. Entrara por aquela porta havia muitos anos, casada com o Quimet, e saíra para casar com o Antoni e com as crianças atrás. A rua era feia e a casa era feia e o calçamento só era um calçamento bom para carros e cavalos. O poste de luz ficava longe e a porta estava escura. Procurei o buraco que o Quimet fizera na porta, acima da fechadura, e logo encontrei: tampado com cortiça, bem acima da fechadura. E comecei a tirar pedacinhos de cortiça com a ponta da faca. E a cortiça saltava esfarelada. E tirei toda a cortiça e então percebi que não podia entrar. Com os dedos não conseguia pegar a corda e tirá-la para fora e puxá-la e abrir a porta. Devia ter trazido um arame para fazer de gancho. E quando ia acertar dois murros na porta pensei que faria muito barulho e bati na parede, e doeu muito. E me virei de costas para a porta e descansei, e tinha muita madrugada adentro. E voltei a ficar de frente para a porta e

com a ponta da faca, em letra de fôrma, escrevi Colometa, riscado bem fundo, e sem perceber comecei a andar e eram as paredes que me levavam e não meus passos, e me enfiei na praça do Diamante: uma caixa vazia feita de casas velhas, tendo o céu como tampa. E no meio daquela tampa vi voarem umas sombras pequenas e todas as casas começaram a balançar como se tivessem enfiado tudo dentro d'água e alguém fizesse a água mexer devagar, e as paredes das casas se esticaram para cima e começaram a se inclinar umas contra as outras, e o buraco da tampa ia ficando apertado e começava a afunilar. E senti uma presença em minha mão, e era a mão do Mateu, e no seu ombro pousou um pombo de gravata de cetim e eu nunca tinha visto nenhum, mas tinha penas furta-cor e senti um vento de tempestade que fazia redemoinho por dentro do funil que já estava quase fechado e, com os braços diante do rosto para me proteger sei lá do quê, soltei um grito infernal. Um grito que devia fazer muitos anos que trazia dentro de mim, e com aquele grito, tão amplo que tinha custado a passar pela minha garganta, saiu-me da boca uma coisinha de nada, como um escaravelho de saliva... e aquela coisinha de nada que tinha vivido tanto tempo fechada dentro era minha juventude, que fugia com um grito que eu não sabia bem o que era... abandono? Alguém tocou no meu braço, virei-me sem me assustar, e um homem velho me perguntava se estava doente, e ouvi gente abrindo uma sacada. A senhora está bem? E vinha chegando uma velha, e o velho e a velha ficaram plantados na minha frente e na sacada havia uma sombra branca. Já passou, disse. E chegava mais gente: vinham aos poucos, como a claridade do dia, e disse que estava tudo bem, que já tinha passado, que eram os nervos, nada, nenhum perigo... E comecei a andar de novo, a fazer o caminho de volta. E o velho e a velha, virei para olhá-los, tinham ficado plantados e me seguiam com os olhos, e com a pouca claridade já irradiada pareciam de mentira. Obrigada. Obrigada. Obrigada. O Antoni tinha passado anos dizendo obrigado e eu nunca lhe agradecera por nada. Obrigada... Em cima da pedra da guia da calçada do Carrer Gran, olhei para cima e para baixo para ver se vinha algum bonde e atravessei correndo, e quando cheguei do lado bom ainda me virei para ver se me seguia aquela coisinha de nada que tinha me enlouquecido tanto. E ia sozinha. As casas e as coisas já mostravam suas cores. Pelas ruas que iam até a praça da feira, subiam e desciam carros e caminhões, e os homens do frigorífico, com o avental manchado de sangue e meia vitela nas costas, entravam no mercado. As floristas colocavam ramos nos canudos de ferro cheios de água que formavam o arranjo de flores. Os crisântemos soltavam um fedor amargo. O vespeiro vivia. E entrei na minha rua, a do carro da madrugada. E ao passar olhava as entradas amplas onde um vendedor vendia pêssegos e peras e cerejas, havia anos, com balança antiga, com pesos dourados e pesos de ferro. Com uma balança que o vendedor segurava passando um dedo no gancho de cima. E pelo chão havia palha e aparas de madeira pequenas e papéis finos amassados e manchados. Não, obrigada. E os guinchos dos últimos pássaros lá em cima no céu; dos que fogem tremulando no azul que tremula. Parei junto à cancela. As galerias estavam lá em cima, umas sobre as outras, como os nichos de um cemitério estranho, com persianas puxadas com corda, todas verdes, com persianas enroladas em cima ou desenroladas embaixo. Tinha roupa estendida nos varais e, de vez em quando, uma mancha de cor que era uma flor de gerânio em um vaso. Entrei no pátio quando um fio de sol miserável de tão esmaecido manchava as folhinhas do pessegueiro. E com o nariz grudado nos vidros da sacada, estava o Antoni me esperando. E eu, de propósito, andava devagar, primeiro um pé, depois o outro, e ia entrando... os pés me doíam e eram pés que tinham andado muito e que quando morresse talvez a Rita os grudasse com um alfinete para ficarem bem juntos. E o Antoni abriu a sacada e com a voz trêmula perguntou, o que você tem?, e disse que já fazia muito tempo que estava angustiado porque acordara de repente como se o estivessem avisando de alguma tragédia e não me encontrara nem do lado nem em lugar nenhum. E eu disse, você vai ficar com os pés gelados... e que eu tinha acordado quando ainda estava escuro e não conseguira pegar de novo no sono, e precisei tomar ar porque não sei o que me deu que me senti sem ar... Sem dizer nada voltou para a cama. A gente ainda pode dormir, eu disse, e o via de costas com os cabelos da nuca um pouco compridos demais, com as orelhas tristes e brancas, que sempre ficava com as orelhas brancas quando fazia frio... Deixei a faca em cima do console e comecei a tirar a roupa. Antes fechei os janelões e pela pequena fresta entrava a claridade do sol, e fui para a cama e sentei e tirei os sapatos. O estrado gemeu um pouco, porque era velho e já fazia tempo que precisava trocar duas molas. Estiquei as meias como se esticasse uma pele muito comprida, calcei os escarpins e então percebi que estava gelada. Vesti a camisola desbotada de tanto lavar. Um por um, fui fechando os botõezinhos até a gola, ajeitei-a e também fechei os botõezinhos dos punhos. Fazendo a camisola chegar até os pés, me enfiei na cama e me cobri bem. E disse, está um dia bonito. A cama estava quente como a barriga de um pardal, mas o Antoni tremia. Ouvia os dentes dele batendo, os de cima contra os de baixo ou ao contrário. Estava virado de costas

e passei o braço por baixo do braço dele e o abracei pelo peito. Ainda sentia frio. Enrosquei minhas pernas nas dele e meus pés nos seus e desci a mão e lhe desamarrei o cordão da cintura para que pudesse respirar direito. Grudei a bochecha nas costas dele, contra os ossos das vértebras, e era como se sentisse viver tudo o que tinha dentro, que também era ele: o coração antes de tudo e os pulmões e o fígado, tudo banhado com seiva e sangue. E comecei a passar a mão nele devagar, pelo ventre, porque era o meu pobre mutilado, e com a cabeça contra as suas costas pensei que não queria que ele morresse e que queria lhe dizer tudo o que estava pensando, que pensava mais do que dizia, e coisas que não dão para falar, e não disse nada, e meus pés iam esquentando e adormecemos assim, e antes de adormecer, enquanto passava a mão pelo ventre dele, topei com o umbigo
e enfiei o dedo dentro para tampá-lo, para que ele não se
esvaziasse todo por ali... Ao nascer, somos todos como peras... para que ele inteiro não escorregasse como uma meia. Para que nenhuma bruxa malvada o sugasse pelo umbigo e me deixasse sem o Antoni... E dormimos assim, devagar, como dois anjos de Deus, ele até as oito e eu até as doze e tanto... E quando acordei de um sono de pedra, com a boca seca e amarga, toda eu saída da noite de cada noite, que naquela manhã era um meio-dia, levantei-me e comecei a me vestir como sempre, um pouco sem perceber, com a alma ainda guardada dentro da casca do sono. E em pé, segurei as têmporas com as mãos e sabia que tinha feito alguma coisa diferente, mas tinha dificuldade de lembrar o que havia feito e se o que havia feito, que não sabia se havia feito mesmo, eu havia feito um pouco desperta ou muito adormecida, até que lavei o rosto e a água me afastou o sono... e me pôs cor nas bochechas e luz nos olhos... Não

precisava tomar café da manhã porque já era muito tarde. Só um gole d'água para me tirar o fogo da boca... A água era fria e me lembrei de que no dia anterior, de manhã, na hora do casamento, tinha chovido forte, e pensei que de tarde, quando fosse até o parque como sempre, talvez ainda encontrasse uma poça d'água pelos caminhozinhos... e dentro de cada poça, por menor que fosse, haveria o céu... o céu que às vezes um passarinho desmanchava... um passarinho que tinha sede e sem saber desmanchava o céu da água com o bico... ou alguns passarinhos escandalosos que desciam das folhas como raios, se enfiavam na poça, tomavam banho com as penas arrepiadas e desmanchavam o céu com barro e bicos e asas. Contentes...

Genebra, fevereiro-setembro de 1960

Posfácio

A praça do Diamante começa assim: "A Julieta veio até a confeitaria expressamente para me dizer que, antes do sorteio da prenda, iam sortear cafeteiras, que ela já as tinha visto: lindas, brancas, com uma laranja pintada, partida ao meio, os caroços à mostra". Enquanto escrevia essa primeira frase não podia imaginar nem remotamente que, um quarto de século mais tarde, teriam sido feitas tantas edições catalãs e tantas traduções estrangeiras do meu romance.

Quando o escrevi, não lembrava muito bem como era a praça do Diamante de verdade. Só lembrava que, aos treze ou catorze anos, uma vez, na Festa Major de Gràcia, fui andar pelas ruas com meu pai. Haviam erguido um toldo na praça do Diamante. Como em outros lugares, é claro; mas aquela foi a que sempre recordei mais. Ao passar em frente a essa caixa de música, eu, a quem meus pais proibiam de dançar, senti uma vontade desesperada de fazê-lo e fui como uma alma penada pelas ruas enfeitadas. Talvez por causa dessa frustração, depois de muitos anos, em Genebra, comecei meu romance com aquele toldo.

Sou filha de Sant Gervasi de Cassoles, de uma rua estreita e curta que outrora ia do Carrer de Pàdua até o córrego de Sant Gervasi e que se chamava Carrer de Sant Antoni; depois mudaram o nome para Carrer de París e, mais tarde ainda, para Manuel Angelon, que ainda conserva. Sant Gervasi não é longe de Gràcia. Conhecia, de ir até lá à tarde com meu avô, os cinemas Trilla, Smart e Mundial. Conhecia o mercado de Santa Isabel, aonde ia aos quatro ou cinco anos, aos fins de tarde, no verão, com uma senhora vizinha para comprar peixe depois de atravessar a torrente do Olla. Aos quinze ou dezessete anos, e durante muito tempo, íamos eu e minha mãe passear toda tarde pelo Carrer Gran. Entrávamos pela Rambla del Prat e descíamos até os Jardinets e então subíamos pela calçada oposta. Olhávamos vitrinas.

Todas as lembranças que conservo de Gràcia estão muito entranhadas. Agora tudo isso ficou distante, mas recordar, em meio a uma vaga nostalgia, me faz bem; muitas vezes e em diversas circunstâncias essas lembranças me serviram de consolo.

Gostaria que todos os que lessem meu romance compartilhassem minha emoção. Fico contente em pensar que, entre tantos milhares de leitores que teve e continua tendo, se encontram muitos que nunca haviam lido nada em catalão e que ao lê-lo descobriram que nossa língua é uma língua civilizada, culta, importante. Alegra-me também pensar que esse romance simples e humano levou o nome da praça do Diamante da vila de Gràcia, e com ele o da Catalunha, a tantos países distantes.

Escrever um posfácio, ou seja, falar de mim (ou da minha obra, o que é a mesma coisa), nunca me interessou.

Explicar a gênese de *A praça do Diamante* talvez fosse interessante, mas será possível explicar como se forma um romance, que impulsos o provocam, que vontade tão forte consegue fazer com que seja levado adiante, que seja preciso concluir com luta o que foi iniciado com facilidade? Dizer que o fui concebendo em Genebra enquanto olhava para a montanha do Salève ou passeava pelo parque Perle du Lac seria suficiente? Posso dizer, e em parte é verdade, que *A praça do Diamante* foi a consequência de uma decepção.

Eu havia mandado *Jardí vora el mar* para o prêmio Joanot Martorell (exatamente a última edição realizada) e o júri não lhe deu valor. Esse contratempo provocou em mim uma reação contrária à natural; sempre, as dificuldades me estimularam. Tomada por um vago orgulho, comecei outro romance.

Queria que fosse kafkiano, muito kafkiano, absurdo, é claro, com muitos pombos; queria que os pombos asfixiassem a protagonista do início ao fim. E foi nascendo em mim, quando ainda não sentara diante da máquina com uma pilha de folhas de papel do lado, o que acabaria sendo *A praça do Diamante.* Escrevi-o febrilmente, como se cada dia de trabalho fosse o último da minha vida.

Trabalhava cegamente; corrigia à tarde o que escrevera de manhã, cuidando para que, apesar da pressa com que escrevia, o cavalo não fugisse a meu controle, segurando firme as rédeas para que não se desviasse do caminho. Há quem fale em explosão narrativa. Não sei o que isso quer dizer. Escrever um romance, que é um trabalho contínuo, requer calma, muito autocontrole.

E o romance, que deveria ser um pesadelo de pombos, acabou se convertendo em *A praça do Diamante*; com pombos, sim, mas com outro sentido. Foi um período de grande tensão nervosa, que me deixou fragilizada. Pois bem: *A praça do Diamante,* enviado à primeira edição do prêmio Sant Jordi, recebeu tratamento semelhante a *Jardí vora el mar* na derradeira edição do prêmio Joanot Martorell.

Quando o romance foi publicado, meu amigo Baltasar Porcel, mesmo fazendo-lhe muitos elogios, disse que a Colometa era uma moça boboca. Considero essa afirmação, feita levianamente, muito equivocada. Ver o mundo com olhos de criança, em um constante deslumbramento, não é de modo algum ser boboca, mas talvez o exato oposto; além disso, a Colometa faz o que tem de fazer em sua situação de vida, e fazer o que tem de ser feito nada mais demonstra que um talento natural digno de todo o respeito. Considero a Colometa mais inteligente que Madame Bovary ou Anna Kariênina, e nunca passou pela cabeça de ninguém dizer que fossem bobocas. Talvez porque eram ricas, andavam vestidas de seda e tinham criados. E mesmo que eu, quando jovem, suspirasse para ser Madame Bovary ou Anna Kariênina, mais a segunda do que a primeira, ao precisar de um personagem central para um romance, escolhi a Colometa, que só tem de parecido comigo o fato de se sentir perdida no meio do mundo.

De coisas (móveis, relógios, ponteiros de relógio, pêndulos de relógio, pinturas, formas e cores de poltronas e sofás, de lamparinas a óleo e de lustres de pedestal, de tapetes e de dosséis reais), fala-se em todos os romances. De Balzac a Proust, passando por Tolstói, para citar só os que produzem mais efeito. As coisas têm grande importância na narrativa e sempre tiveram, muito antes de Robbe-Grillet escrever *Le voyer.* Em *A praça do Diamante* há muitas coisas: o funil, o caracol marinho, as bonecas do bazar... há todos os detalhes dos móveis, das campainhas elétricas e das portas da casa onde a Colometa vai trabalhar. Há as moedas de ouro de monsenhor Joan, que este dá a Quimet para o caso de necessidade. Há a balança desenhada na parede da escada. E a faca, símbolo sexual, com a qual no fim do livro a Colometa escreve seu nome na porta da casa em que havia morado.

Mas em *A praça do Diamante* não há apenas objetos; há principalmente o personagem da Colometa. Ele me foi sugerido pela protagonista de um conto que escrevi há tempos, intitulado *Tarda al cinema*, que faz parte da coletânea *Vint-i-dos contes* e por sua vez é inspirado em *Cândido.* Se Voltaire não tivesse escrito *Cândido*, é possível que *A praça do Diamante* nunca tivesse vindo ao mundo. Influência de James Joyce? Talvez o final do meu romance venha do célebre monólogo do *Ulisses.* Mas seria mais acertado procurar a fonte do capítulo XIII de *A praça...*, o da morte da mãe do Quimet, em algum dos contos de *Dublinenses*.

Se não tivesse lido Bernat Metge, jamais me teria ocorrido a ideia de colocar a Colometa fazendo a descrição física de seu ardente marido. Metge faz a Ovídio a descrição das graças da amada; esse capítulo, uma pura perfeição de estilo e linguagem, é chamado "Descrição da donzela": umas breves páginas que podem rivalizar com as melhores da literatura universal. A "Descrição da donzela", de Bernat Metge, me sugeriu a ideia da "descrição do donzelo", ou seja, de Quimet, que o leitor pode encontrar no capítulo VIII do meu romance. Agradeço a Bernat Metge por ter-me dado mais do que mereço. E peço-lhe fervorosamente que me perdoe pela liberdade que tomei.

Teria de confessar muitas outras influências; precisaria incluir todas as minhas leituras, a Bíblia em primeiro lugar. Quero afirmar, porque alguém o negou, que *A praça do Diamante* é um romance de amor. Romances de amor se escreveram muitos. Desde o amor mais espiritual e mais cavalheiresco ao amor mais carnal, de certa forma representado este último por um dos romances mais pretensamente elegantes, e que fizeram correr mais tinta, escrito por um grande escritor, D. H. Lawrence. Estou me referindo a *O amante de Lady Chatterley*. Mas o que se escreveu de mais elevado e arrebatador em matéria de amor é a história de Francesca da Rimini no canto V de *Inferno*, em *A divina comédia*. História que começa com estes versos maravilhosos:

siede la terra dove nata fui
su la marina, dove'l Po discende
per aver pace co' seguaci sui.

E o amor de Ulisses, não por Penélope, não pela doce Nausícaa, mas seu amor-paixão pela aventura. Dante, no canto

XXVI do *Inferno*, lança-o, com quatro companheiros velhos e esfarrapados, em uma nau que não se aguenta, para a última aventura: a da morte.

Nè dolcezza di figlio, nè la pieta
del vecchio padre, nè'l debito amore
lo qual dovea Penelope far lieta,
Vincer potero dentro a me l'ardore
ch'i'ebbi a divenir del mondo esperto,
e de li vizi umani e del valore.

Depois da Bíblia e de Dante, entre as influências que eu acredito que mais tenham me marcado e que agora quero confessar, citaria ainda Homero.

Quero voltar a insistir em um ponto, porque sentiria muito se alguém o negasse: quero afirmar em alto e bom som que *A praça do Diamante* é acima de tudo um romance de amor, por mais que não tenha um grão de sentimentalismo. O momento em que a Colometa, ao voltar da morte de seu passado, entra em casa enquanto o dia nasce e abraça o segundo marido, o homem que a salvou de todas as misérias da vida, é uma cena de amor profundo. "Pensei que não queria que ele morresse..." E lhe enfia o dedo no umbigo "para que nenhuma bruxa malvada o sugasse pelo umbigo e me deixasse sem o Antoni". E a palavra "contentes", no fim do romance, não é gratuita. Não a coloquei à toa. Dá a entender que, ainda que no mundo haja tanta tristeza, ele sempre ainda pode ser salvo por alguém com um pouco de alegria. Alguns passarinhos, por exemplo. "E dentro de cada poça, por menor que fosse, haveria o céu... o céu que às vezes um passarinho desmanchava... um passarinho que tinha sede e sem saber desmanchava o céu da água com o bico... ou alguns passarinhos escandalosos que desciam das folhas como raios, se enfiavam na poça, tomavam banho com as penas arrepiadas e desmanchavam o céu com barro e bicos e asas. Contentes..."

A praça do Diamante está distante de mim. Como se não fosse eu que o tivesse escrito. Muito distante. Neste momento, a ponto de encerrar este posfácio, estou preocupada com meu jardim. Já florescem nele as ameixeiras, rosa-pálido, e a pequena árvore-de-júpiter, rosa-coral. Ergue-se a tramontana e irá castigá-las. Vou ver o que está acontecendo com o vento e as flores.

Mercè Rodoreda
Romanyà de la Selva, 1982

Sobre a autora

Membro da geração literária formada no exílio republicano espanhol e considerada a mais influente escritora de língua catalã, Mercè Rodoreda é dona de destacada obra do pós-Guerra Civil, com traduções para quarenta idiomas diferentes. Sua produção envolve diversos gêneros literários, como o conto, o teatro e a poesia, embora grande parte de seu prestígio deva-se aos seus romances.

Mercè Rodoreda i Gurguí nasceu no dia dez de outubro de 1908 em uma pequena vila do bairro de Sant Gervasi de Cassoles, em Barcelona. Foi a única filha de Andreu Rodoreda e Montserrat Gurguí – dois entusiastas da literatura e do teatro. A primeira infância de Mercè foi pontuada pela leitura de grandes autores catalães, por uma breve passagem pela escola – somente dos sete aos dez anos de idade – e pela grande influência de seu avô materno, Pere Gurguí, cujo fascínio pelas flores e o amor pela cultura e língua catalãs deixaram marcas profundas na obra de Mercè.

O ano de 1921 foi decisivo na vida da escritora, a começar pela perda do querido avô e, mais tarde, pela chegada de seu tio Joan, que se instalou na casa dos Rodoreda i Gurguí. Catorze anos mais velho, Joan fora idealizado pela autora em razão da troca de correspondências nos anos anteriores. No dia do seu vigésimo aniversário, ela se casou com o tio em uma cerimônia que necessitou de dispensa papal por conta do grau de consanguinidade dos dois. Em julho de 1929, nasceu Jordi Gurguí i Rodoreda, seu único filho.

Frustrada com a dependência tanto econômica quanto social decorrentes do casamento, Rodoreda refugiou-se no mundo da literatura, escrevendo e publicando gradualmente, até encontrar na escrita um ofício promissor. Houve momentos em que se trancou diariamente em um pombal azul, localizado na casa onde morou quando criança, para escrever e sentir-se livre do matrimônio. Durante esse período, escreveu versos, uma comédia teatral (atualmente desaparecida) e um romance.

Em 1932, publicou o primeiro romance, *Sóc una dona honrada?* [Sou uma mulher honrada?] e também contos para jornais. Em outubro de 1933, iniciou sua carreira jornalística na revista semanal *Clarisme*, na qual publicou sob diversos formatos, de prosas sobre cultura a entrevistas e resenhas. Os três anos seguintes foram marcados por contribuições jornalísticas e literárias que, posteriormente, seriam renegados por Rodoreda.

A Guerra Civil Espanhola, eclodida em 1936, tirou de Mercè seu pai, vítima de um bombardeio. Durante esse obscuro período da história espanhola, publicou *Aloma* (1936), romance semiautobiográfico cuja protagonista, ainda adolescente, envolve-se com um homem mais velho. Nessa obra, é possível perceber características que mais tarde se tornariam marcas da escritora, tal qual a simbologia poética, utilizando-se de elementos como flores, espelhos, pombos e a representação das fases da vida de uma mulher, suas experiências e seu universo. A versão de *Aloma* que se conhece hoje, de 1969, foi completamente reescrita e indica uma Rodoreda transformada pela guerra e pelo que, trinta anos antes, havia sido uma de suas experiências mais intensas: o exílio.

Em 23 de janeiro de 1939, poucos meses antes da derrota dos republicanos e da instauração do regime fascista de Franco, partiu de sua terra natal, deixando o filho com Montserrat. Por conselho da mãe, que temia por Mercè em razão de suas publicações em catalão e em revistas de esquerda, a autora foi embora sem saber que ficaria tantos anos longe de casa.

O primeiro destino foi o castelo francês de Roissy-en-Brie, localizado na comuna francesa de mesmo nome, onde conheceu outros escritores que lá se abrigaram. Na França, tornou-se amante de Armand Obiols, pseudônimo de Joan Prat i Esteve, escritor catalão que teve importante participação nas produções subsequentes de Rodoreda. A complicada relação entre ela e Obiols, que era casado, durou até a morte deste, em 1971.

O início da Segunda Guerra Mundial desestabilizou a relativa segurança do castelo em Roissy-en-Brie, culminando na partida de alguns escritores para a América Latina e para outras localidades da Europa. Mercè e Obiols transferiram-se para a periferia de Paris, onde se seguiu um período no qual o casal teve de fugir dos nazistas, quando Obiols foi detido e obrigado a trabalhos forçados por meses, enquanto Rodoreda se dedicava à costura e abandonava a escrita. No início de 1947, novamente em Paris ao lado de Obiols, largou o ofício de costureira e passou a trabalhar na *Revista de Catalunya*.

Uma paralisia no braço direito impediu Mercè de escrever romances entre 1947 e 1953, momento em que se dedicou a textos de menor extensão, encontrando-se na poesia. No ano de 1951, começou a pintar, interessada no trabalho de pintores como Pablo Picasso, Paul Klee e Joan Miró.

A partir de 1954, estabeleceu-se em Genebra, Suíça, onde trabalhou com tradução, escreveu contos e, em 1959, começou a dar vida ao romance mais prestigiado de sua carreira. Inicialmente projetada sob o título de *Colometa*, a obra foi publicada pela primeira vez no ano de 1962 como *A praça do Diamante* [*La plaça del Diamant*].

Rodoreda abordou novamente o universo das personagens mulheres e suas fases de vida no romance subsequente *El carrer de les Camèlies* (1966). Um ano mais tarde, publicou *Jardí vora la mar* e, no mesmo ano, a coletânea de contos *La meva Cristina e altres contes*. Estas duas últimas obras chamam a atenção pelo teor melancólico e desencantado que, somados à perda do companheiro Armand Obiols e o descobrimento de uma amante do escritor, em 1971, deixaram Rodoreda em um estado de tristeza e solidão que culminaram na publicação de *Mirall trencat* (1974), um de seus romances mais prestigiados, que trata do desmembramento de um universo familiar.

Em 1980, recebeu o Prêmio de Honra das Letras Catalãs, que agracia uma personalidade por seu trabalho literário, científico ou intelectual escrito em catalão. Rodoreda ainda teve a oportunidade de acompanhar a adaptação de dois de seus romances para obras de audiovisual: *Aloma* tornou-se uma série de televisão em 1978 e *A praça do Diamante* ganhou uma versão cinematográfica em 1982.

No dia 13 de abril de 1983, Mercè Rodoreda i Gurguí faleceu, vítima de um câncer de fígado avançado. O velório aconteceu no departamento de Cultura da Catalunha e, levando em conta a sua vontade, o corpo foi sepultado no cemitério de Romanyà de la Selva, onde muitos colegas de profissão e outras personalidades da época se fizeram presentes. Sua herança intelectual foi doada ao Institut d'Estudis Catalans, que anos depois criou a Fundació Mercè Rodoreda.

Acreditamos
nos livros

Este livro foi composto em
Calendas e impresso pela Gráfica
Santa Marta para a Editora Planeta
do Brasil em setembro de 2019.